えどめぐり

〈名所〉時代小説傑作選

朝井まかて／篠 綾子／田牧大和
宮本紀子／宮部みゆき
細谷正充 編

PHP
文芸文庫

○本表紙デザイン＋ロゴ＝川上成夫

えどめぐり〈名所〉時代小説傑作選　目次

後の祭

朝井まかて

いよいよだ。

今日、九月十五日、二年に一度の神田祭が始まる。

まだ暁のことで闇は濃く、月と星々の光だけが辺りに満ちている。

しかしここ桜の馬場は大変な喧騒で、夜空に黒々と聳える湯島聖堂の屋根や木々の影までがざわめいている。馬場には氏子町の山車と附祭の行列が勢揃いし、一番組から順に出立を始めた。

山車と踊台、曳物の車の音がごろごろと地鳴りのごとく響き、踊子や演者、囃子方らは声を潜めながらも昂奮を隠しきれず、誰かが間違って鳴らしたらしい太鼓の音もする。

今頃は神田明神社から、大榊を先頭にした神輿行列と、氏子の諸大名から出された神馬、警固侍らが出立しているはずだ。二つの祭礼行列は、昌平坂を下りたところで合流するのである。

麻の裃をつけた徳兵衛は胴震いをして、フンッと丹田に気合を入れた。頭の菅笠には紙で作った花熨斗を飾り、腰には一本差しという出で立ちだ。

徳兵衛は神田旅籠町一丁目の町人で、歳は四十七、稼業は家主である。

家主は大家、家守とも呼ばれ、地主に雇われて地所と家屋を守るのが務めだ。江戸の地主が皆、ご府内に住んでいるとは限らぬもので、徳兵衛の雇い主も川越の在だ。徳兵衛は地主に代わって店子の世話をし、地代や長屋の店賃を集め、塀や木戸の修理を手配する。

そしてもう一つ、家主には町役人としての務めもある。

江戸の町は町年寄を筆頭に、各町の名主が治めている。その手足となって政の実務を担っているのが、徳兵衛ら家主だ。ふだんは交替で自身番屋に詰め、名主から町触が回ってくれば店子を集めて読んで聞かせ、訴訟沙汰を起こせば奉行所に付き添いもする。つまり家主なるもの、町にかかわることであれば、よろず何でも駆り出される。

ゆえに、徳兵衛はいつでも肩が凝っている。鳩尾もきゅうと詰まるので、朝晩の六君子湯が欠かせない。

女房のお麦は薬湯を煎じながら、いつも諫め口をきく。

「お前さんは苦労性なんですよう。気楽が薬」

とんでもないことだと、徳兵衛は女房を睨み返すのが常だ。

「お前みたいな呑気者に、家主の務めの何がわかる。ちと気を緩めたら、長屋も町もたちまち立ち行かなくなるんだ。さんざっぱら店賃を溜めた挙句、夜逃げをしちまう店子もいるし、縄つきや火事を出そうものなら、それこそ大事だ」

そうやって方々に目配り、気配りをしているだけでも苦労だというのに、今年の五月からはさらに仕事が増えた。

徳兵衛は、神田祭の「お祭掛」になってしまったのである。抜擢されたわけではない。よりによって、籤で引き当ててしまったのだ。神田祭に銀子を出す町は百九十一町、氏子町は六十町だ。その氏子町のすべてが毎回、出し物を出すわけではなく、一番から三十六番までの行列を何年かおきに受け持つ。

徳兵衛の旅籠町一丁目は今年がその出演年だったのだが、他の町と合同で「附祭」を仰せつかった。これは町名主ばかりの寄合で決まるもので、どうやらそれも籤引きだったらしい。

神田祭の目玉は、荘厳な神輿渡御ではなく定番の山車でもなく、附祭だ。巨きな張りぼての人形を載せた曳物や歌舞音曲、仮装行列で巡行して、いわば祭を盛り上げるための出し物なのだが、何せこれが最も賑やかで華麗だ。

出演者の衣裳の色柄から踊り、唄に至るまで時の流行りを取り入れ、同じ演目は二度としない。曳物の人形や造り物も使い回しをせず、一度きりの趣向に数百両の銀子を注ぎ込む。それで市中は、今日を限りの芝居を観る心持ちで附祭に熱狂するのだ。

まあ、それはいい。何かと熱くなりやすい江戸者のこと、神田祭だけを楽しみに一年を過ごす者が多いのも徳兵衛は承知している。だが、ただ観て楽しむのと、祭を差配（さはい）するのとでは大違いだ。自慢じゃないが子供時分から籤などに当たった例（ためし）がなく、だから賭け事や富籤にも手を出さず、ひたすら真面目（まじめ）に家主を務めてきたのだ。地主に送る店賃など、ただの一度もごまかしたことがない。

でも、徳兵衛の引いた籤の先だけが赤かった。町名主の屋敷に招集された家主は何十人もいたのに、当ててしまった。

「徳兵衛さん、おめでとう。お祭掛を拝命するなんて、一生に一度あるかなきかの誉（ほま）れだよ」

他町の家主らは皆、祝（いわい）の言葉を口にしたが、親しい者は帰り道、気の毒そうな顔つきで囁（ささや）いた。

「世にも珍しい趣向で江戸じゅうをあっと言わせてやろうとか、公方（くぼう）様からお褒（ほ）めをいただこうなんて色目は使わずに、ともかく皆々様のお言いつけ通りに務めるのがコツらしいよ」

神田祭は費（つい）えの一部が御公儀（おかみ）から出ている「御用祭（ごようまつり）」でもある。行列は神田、日本橋（にほんばし）を渡御してから江戸城中に練り込んで、大樹公（たいじゅこう）や御台所（みだいどころ）、大奥女中の「上（じょう）

覧」を受けるのだ。ゆえに町年寄や町名主といった町役人はむろん、町奉行に寺社奉行、目付、与力、同心なども総出で動く。

――附祭は江戸を挙げての大祭礼の主役ですから、しっかり励んでくださいよ。

上座から命じた、あの澄まし顔を思い出した。

徳兵衛の上役である町名主、渡辺彦左衛門だ。役者みたいな優男で、歳はまだ二十歳をいくつか過ぎたばかりだ。去年、急逝した親の跡目を襲い、旅籠町を始めとする五つの町を支配している。去年は山王祭が催される年であったので、今年は彦左衛門が町名主として初めて取り組む神田祭になる。

――とはいえ、間違いを起こさぬことが肝心。無事に無難に頼みますよ。

うるさいくらいに念を押された。

徳兵衛は親しい家主と歩きながら、うんうんと頷いた。

「心得てますよ。うちは他町と合同だし、どこかが趣向を考えるでしょ。あたしはそれについてくだけですよ」

附祭の演目の趣向なんぞ、あたしにはまるで思いつけない。芸事は苦手だ。

「それがいいよ。お祭掛は何でも逐一、名主さんにお伺いを立てなきゃならないし、祭礼の費えの集銀も大変らしいから。そのうえ附祭の趣向なんぞ引き受けたら、たまったもんじゃない。派手にやり過ぎたら御公儀からお叱りを受けるし、無難にまとめようとしたら町の者が黙っちゃいない。けどお祭男らの言いなりになって演目に凝ったら、千両用意したって足りやしないからね。何年か前のお祭掛はそりゃあ張り切ってたらしいが、当日までもたねぇで寝込んじまったって」

その男の噂なら聞き知っていた。「ちゃちな附祭だ」と町内で見下げられ、とうとう在所に引っ込んだという。そんな馬鹿なと、徳兵衛は思う。一生に一度あるかなきかのお祭掛で本業を失うなんて、割が合わない。

「ま、徳さんなら大丈夫だ。あんた、石橋を叩いたって渡らない人だもんな」

そんなもの、まず叩かないよ。行く手に石橋が見えたらとっとと違う道を選んで、ここまでやってきたんだ。

「はい。町名主さんのお言いつけの通り、手堅くやりますよ。目立たぬように」

そういえば、うちの連中、どこにいるんだろう。

徳兵衛は菅笠の先を指で持ち上げ、旅籠町一丁目の一群をそろそろと目だけで探した。このところ肩凝りが嵩じてか、首を動かすとぐきりと痛む。迂闊に首も回せない。

すると斜め前から、「お祭掛」と呼ばれた。

五つ紋の羽織に袴をつけた町名主、彦左衛門だ。町奉行所の同心らが脇を固め、同じように振り向いているのが察せられた。いつのまにか暗闇が薄まって、互いの様子が何となくは見えるようになっている。

「一丁目の踊台はどこですか。紅葉爺さんは」

旅籠町一丁目の演目は、昔噺の『花咲爺さん』をもじった『紅葉爺さん』である。

「はい、ただいま捜して参ります」

すると若造は「困りますよ」と声を尖らせた。

「ちゃんと所在を把握して、目を離さないようにしてもらわないと。何事も念入りにね。番狂わせは困りますよ、番狂わせは」

祭礼行列の番組と演目は文書にして、事前に町奉行所に届け出ておくのが定まりだ。

しかも御公儀はとかく文書と実際が異なるのを嫌うもので、町名主は当日、行列に同行して、仕様の逐一を検分するのが務めとされている。というのも江戸城内に練り込む以上、踊子や演者の数が異なるのは城の警固上もまずい。不逞の輩がこっそり城中に留まらぬとも限らぬからだ。

「番狂わせなど、決して起こさせません。ご安心くださりますよう」

徳兵衛は彦左衛門にしっかと請け合い、その場を即座に離れた。

何だよ、偉そうに。今さら念を押されなくったって、さんざん念入りに差配してきたのはこのあたしなんだから。

肚(はら)の中でぼやきながら、薪(まき)ざっぽうのように硬い首筋に手を当てる。

行列の道筋は何度も確かめて、どの店の角に何色の犬がいるかまで憶えているほどで、山車の衝突がないよう、踊子や囃子方、そして見物人にも怪我を負わせることのないよう準備してきたのだ。

俠者(きおいもの)の鳶(とび)や火消しの臥煙(がえん)、町内の若者連中は祭に乗じて、日頃、強欲だ、吝(しわ)いと睨んでいる大店(おおだな)を狙うことがある。わざと山車を突っ込み、店先をぶち壊すのだ。そういう店には前もってそれとなく話を通し、祭への寄付銀を一枚でも余分に積ませるようにした。

毎日、そうやって町内を走り回り、お祭掛の寄合に出ては文書を作り、彦左衛門から差し戻されればまた書き直す。てんてこ舞いだ。

しかもよりによって、最も避けたかった附祭の趣向まで出さねばならぬ破目(はめ)に陥(おち)った。それは他の町に任せたかったのに、彦左衛門が五つの町に各々(おのおの)、思案を出させ、競わせたのだ。

おかげであたしの首も鳩尾も、いっそう悪くなった。

次々と出立していく山車や踊台、曳物の間を掻(か)き分けながら、徳兵衛は一丁目の連中を捜した。目の端に楓の枝らしきものがわさわさと見えて、首を押さえながら早足になった。

踊台の上に大きな楓の木の縫いぐるみが見えて、徳兵衛は爪先立ちになった。

「善助、おい、善助」

大声で呼べど、声が辺りの喧騒に吸い込まれてしまう。善助は自身番屋で雇っている書役で、ひょろりと痩せている。縫いぐるみは祭によく用いる仮装衣裳をいい、善助の総身は木の幹を表わす茶色の布地でおおわれ、腕から肩、頭の上には青葉をつけた造り物の枝をくっつけている。

この枝が糸を使った仕掛けになっているのが新奇なる趣向なのだが、果たして目論見通りに仕掛けが動くかどうかと案ずるだけで、鳩尾が詰まってくる。

彦左衛門には「番狂わせなど起こさせない」と請け合ったものの、内心は心配だらけだ。

ああ、そうだ、弁当が休憩場にちゃんと届くかどうか、もう一度確かめておかないと。彦左衛門が坐る床几、あれは誰に頼んだんだったか。

他にもお祭掛はいるのだが、徳兵衛は安心して任せられない。皆、詰めが甘く、出演者らと同じように楽しいことばかりやりたがる。

「どうも。えらい賑わいで」

徳兵衛に気づいてか、善助が踊台から声を掛けてきた。顔も茶色に塗り込んで、目鼻がよくわからぬほどだ。

「どうもじゃないよ。もう十八番の山車が出立しかかってんだよ。うちは十九番と二十番の間に出るんだから、さっさと動いてもらわないと。曳手の連中はどこだい」

踊台の下には四つの車がついており、三本の綱を若衆が持って曳くことになっている。町内の若者組の連中がその役で、揃いの木綿半纏に下は水色の裁っつけ袴という衣裳だ。

「あら、お前さん。どうしたんです、こんなとこで」

口の周りから顎にかけて白鬚でおおわれた爺さんが、袴の裾を持ち上げて近づいてきた。

爺さん姿の女房ってのもなあと思いながら、徳兵衛はお麦を見返す。

自前の衣裳に凝りに凝って、唐花文様を織り出した浅黄の狩衣に濡れ羽色の黒袴だ。徳兵衛に出させた五両では足りず、臍繰りを注ぎ込んだらしい。

「どうしたもこうしたも、あたしはお祭掛だよ。皆を率いにきたんだ。さあ、急いで」

「でも、あんまり急いて発ったって、途中の道で詰まるって言うじゃありませんか。先頭が御城に練り込んだ時、三十番の組はまだこの馬場に残ってるほどだって聞きましたけど」

「うちは二十番の前だよ、そう悠長に構えてちゃあ遅れを取る。だいいち、名主さんが急げとおっしゃってるんだから急ぎなさいよ。仕様を検分なさるんだから」

「んもう。二言目には、名主さんなんだから」

「何だって」

「いいえぇ、何でもありませんよう」

お麦は振り向いて、「さあさ、みんな、出ますよお」と声を張り上げた。

「はぁいぃ」

お麦の周りに、七人の子供らが集まってきた。皆、耳付きの犬の縫いぐるみをつけており、鼻の頭は墨で黒く塗り、髭も頰に描いてある。正直者の爺さんが犬に親切にしたことで、お宝を手に入れるという、昔ながらの筋立てだ。

徳兵衛は、何でこんな『昔噺』が附祭に選ばれたのか、いまだに解せないでいる。

曳手の若衆に踊子の娘らと拍子木打ち、囃子方も参集し、ようやく行列が整った。

「さあ、十九番に続いて」

附祭は五つの町で合同で出すので、旅籠町一丁目は紅葉爺さんの踊台だが、二丁目は金太郎の人形を載せた山車、他には浦島太郎や桃太郎の曳物、かぐや姫の地走り踊りを出す町もある。これらすべてが合わさって昔噺の趣向を織り成すのだが、どこが見物人の人気を最も集めるか、互いに競い合う間柄でもある。

拍子木の合図で、笛の音が鳴り響いた。もう東の空が明るい。

徳兵衛は囃子方にも声を掛けようと後方に動いて、目を見開いた。列の中に、妙なものを見たような気がする。小鼓だ。二人の小鼓のうち、妙に目尻を下げた男がいるではないか。

「まさか平吉じゃないだろうね」

走って近寄ると、その当人が鼓を打ちながらへへっと、片頰に笑窪を泛べた。

「まあ、まかせといてくださいよ」

「何で、また。……亀川さん、どうなってんの。こんなの出したら、駄目じゃないか」

囃子方には玄人の芸人を雇っているので、その親方の名を呼んだ。

「亀川さんは前にいますよ。笛方をお務めだから」

もう馴染んで、わかったふうな口をきく。まったく、油断も隙もない。

「だから、お前、何でそんな衣裳をつけて行列に潜り込んでる」

平吉は徳兵衛が家主をしている長屋の店子で、店賃を溜めに溜めても薄笑いを泛べ、のうのうと昼寝をして過ごす男だ。

店子になったのは今年の春で、「江戸で一旗揚げてぇんです」と言うので裏長屋の一間を貸した。そのじつは明店（あきだな）がいくつもあってこっちも焦（あせ）っていたからなのだが、平吉のその時の物言いには熱が籠（こ）もっていて、片頬にある笑窪が愛嬌（あいきょう）者にも見せていたのだ。

ところがこの男、とんでもないろくでなしだった。

最初は日傭（ひよう）の人足や荷物運びをしていたが、いつのまにか草花売りになり水飴（みずあめ）売りになり、やがて商売っけを出して金魚を大量に買い込んできた。桶と盥（たらい）が足りないので貸してくれというから渡したら、何かの拍子でそれを引っ繰り返したらしく、路地が水びたしの金魚だらけになった。その次は、褌（ふんどし）の洗濯屋だ。長屋の屋根という屋根が煮しめ色の吹き流しになり、しかもろくに洗っていないのか、近所から「臭う」と苦情がきた。

いつぞやは巣引（すびき）をして儲けるのだと極彩色の鳥を買い込んできて、長屋の者らが「うるさくて寝られないんです」と泣きついてきたこともある。

鳥がね、奇妙な声で夜更けに鳴くんですよ。平ちゃん、素敵、平ちゃん、お大尽（だいじん）って。

そんな騒ぎを何度も起こしておきながら、平吉は三月分の店賃を払ってからこっち、鐚一文寄越さない。催促すれば、泣き顔になって切々と言い訳を並べ立てる。

今度こそ確かなあてがあるんです。来月、まとめてお払いしますんで。

家主稼業も長くなると、この手の言い訳をする奴に「まとめて払う」気も力もないことを知っている。しかしそんな店子を入れてしまったのは徳兵衛の責任であるので、そのまま地主に打ち明けるわけにもいかず、店賃の遅れを文で幾度詫びたことか。

怪我をして振り売りができなくなりまして、身元引受人が悪い奴に騙されまして、郷里の親が寝つきまして、云々かんぬん。思いつく嘘は全部書いた。

まあ、家主さん、楽しみにしててくださいよ。俺、そのうち必ず一廉の男になりやすからね。

にやにやと調子のいいことを口にするが、何一つ実がない。

「ああ、俺ですか。小鼓さんの代役ですよ。昨夜っから酒の呑み通しでしょ。今朝、足腰が立たなかったらしいんだな。祭の宵宮じゃあよくあることなんで、家主さん、穏便に済ませてやってくださいよ」

平吉は愛想よく、徳兵衛に説明する。

こんな調子で近所の者にも気軽に口をきくので、お麦などはいつのまにか「平ちゃん」などと呼んで甥っ子のように可愛がるようになった。平吉もそれに甘えて勝手口からしじゅう上がり込み、餅や煮しめをせしめていく。

そうだ、あの夜もうちにやってきた。

平吉さえあの場に現れなかったら、そして要らぬ差し出口をしなければ、お祭掛の仕事はこれほど大変ではなかったはずなのだ。生涯渡るはずのない石橋を渡る破目になったのは、元はといえばこいつのせいだ。

「お前、鼓が何だかわかってんのかい。素人にはろくな音も出せない代物だよ」

すると平吉は片膝を高く上げ、ぽぽぽんと打ち鳴らした。

「俺、在所の祭で囃子方もやってたから、笛に太鼓も一通りできちまうんだなあ。家主さん、心配しないで随いてきたらいいから」

徳兵衛の鳩尾がまた、きゅうと縮み上がった。

お祭掛になってまもなくの五月半ば、徳兵衛は町の衆を家に呼び集めた。

徳兵衛の家は家主をしている町屋敷一帯の表店で、往来に面した七軒は地面を地主から借りているが上物は自前という地借人が住み、路地を入った奥に裏長屋が建ち並んでいる。

「こんちは」「こんばんは」「お邪魔します」

夕暮れ時のことで、皆、思い思いの挨拶を口にしながら奥の八畳に上がってきた。

お麦が皆に酒や湯茶を出し終えてから、徳兵衛は車座になった町衆を見渡した。

大工の棟梁に鳶の頭、煮売り屋の親爺に魚屋の若い衆、煙管職人と、いずれも極めつきのお祭男で知られる連中だ。自身番屋で書役をしている善助、そして町内で踊りを教えている後家と三味線の女師匠も呼んであったので、男どもは無闇に咳払いをしたり腕を組んだり解いたりと、そわついている。

「徳さん、お祭掛を引き当てたんだって。大した籤運だ」

大工の棟梁が口火を切ると、鳶の頭が塩辛い声で後を続けた。

「秋になれば毎日のようにどこかで祭が催されるが、江戸の祭のすてっぺんは何と言っても神田祭だ。なあ、それだけでも嬉しいのによ、一丁目が附祭を出させてもらえるわ、徳さんがお祭掛になるわ。こりゃ、大変なこったぜ。町じゅうの運をいっぺんに使っちまったんじゃねぇか」

皆は猪口を手にして笑うが、徳兵衛はちっとも可笑しくない。毎日、往来を歩くたびに同じようなことを方々から言われるので、もう聞き飽きている。

「で、折り入って相談ってなあ、何ですか。まあ、この面々を揃えたってことは、祭以外の話じゃないでしょうが」

魚屋の若い衆が、後家と女師匠をちろりと横目で眺めながら訊(き)いた。

「もちろん、お祭だよ」と、徳兵衛は膝を揃え直す。

「他でもないんだが、じつは名主さんに附祭の趣向の思案を出すようにって命じられたんだ。皆も知っての通り、あたしは長唄の一つも習ったことのない無粋(ぶすい)者だし、お祭掛と家主の仕事で手一杯だ。ここは、皆の衆の知恵を拝借したいと」

言い終えぬ間に、皆は身を乗り出した。

「附祭の趣向を考えろってかい」

「徳さん、嬉しいことを頼んでくれるじゃねぇか」

「自分たちで考えていいなんて、町名主さんも豪儀(ごうぎ)でござんすねえ。まだ随分(ずいぶん)とお若いと聞いてたけど、憎いわあ」

後家と女師匠も合いの手を入れる。

「いや、附祭は五ケ町合同でやるから、うちの思案がそのまま通るとは限りませんよ。各々、案を出して競い合うんだから」

「そいつあ、面白(おもしれ)ぇな。祭の前に祭が始まってるみてぇだ」

棟梁が胡坐(あぐら)に組んだ脚を景気よく叩き、「皆、他の町に負けるんじゃねぇぞ」と煽(あお)った。

酒がいくらも進まないうちに、煙管職人が「そういえば」と、皆を見回す。

「昨日、長崎とつきあいのある唐物商にたまたま聞いたんですがね、向こうの祭はでっけえ龍の張り子に何人も人が入って、踊りながら練り歩くらしいですよ。獅子舞いみてぇに」

「龍の張り子か。そいつぁ附祭の演目に絶好じゃねぇか。龍はめでてぇ神獣だし、何より人目を惹くぜ」

「まったくだ。龍を舞わせたら、江戸じゅうの度胆を抜ける」

棟梁と鳶の頭は「幸先がいい」と、大乗り気だ。徳兵衛はかたわらに坐っている善助に、「出た思案は書きつけといとくれ」と指図した。

「へい。そのつもりで持ってきておりますよ」

善助は懐から筆と紙を出し、「龍の張り子」と呟きながら手を動かす。

四十過ぎのこの男は元は植木職人であったのだが、梯子から落ちて怪我をしたとかで稼業を転じざるを得なくなり、いくつかの生業を経て番屋の書役に納まった。徳兵衛も恐れ入るほど忠実な勤めぶりで、およそ浮かれたところがなく、酒も毎晩、半合と決めているようだ。

「ささ、皆の衆、どんどん思案を出しとくれよ。他にないかい」

「あるとも」「ありますとも」口々に述べ、善助は筆を走らせる。

「私、地走り踊りで一度やってみたいと思ってたんですがね。女と子供で天女の舞ってのはどうかしら。最初は海女の格好で、浜辺で貝を拾う」

後家がすらりと立ち上がり、柳腰を屈めて何かを拾う手つきをする。

「で、しばし踊ってから衣裳を引き抜く。すると、天女に早変わりする仕掛け」

身をくねらせたものだから、皆、「いいね」と手を打ち鳴らした。そこにお麦が酒肴を運んできて、小鉢に入った海老豆を配りながら、うっとりと後家の所作を見上げる。

「素敵ねえ」車座の脇に坐り込んだ。

「天女の衣を着て踊るなんて、夢みたい。それ、演ってみたいわあ」

徳兵衛は「お麦、控えなさい」と窘めた。

「お前は踊りなんてできないだろう」

すると「あら、知らないんですか」と、両の眉を上げた。

「娘時分に習ってたんですよう。なかなか筋がいいって、褒められてたんだから」

歌舞音曲の師匠なんぞ、褒めるのが商売だ。

「ここはいいから、何か作ってきなさいよ。海老豆だけじゃあ、お腹がくちくならないよ。揉み海苔とか干瓢とか」

「はいはい。もっと上等でおいしいもの、今、やってますから」

お麦は胸に盆を抱えて台所へと引き返した。

それからも思案は次々と繰り出されて、善助はせっせと書き留めていく。

「善さん、今、どのくらい出てる」

「ええと、将棋盤の曳物を作って、その上で将棋の駒の縫いぐるみを着た子供らを動かす。勝負が進むたびに三味線をかき鳴らす、ですな。それから大きな桃の造り物を曳いて、その前を西王母(せいおうぼ)と召使が練り歩き、桃を食べる所作をする、と」

三味線の師匠が、「そうです」と頷いた。

「もとはお能の演目でしてね。何年前だったか市村座(いちむらざ)で掛けましたから、芝居好きの見物人にも受けること間違いござんせんよ」

また「いいね」の声が上がる。徳兵衛は善助の膝前にある書きつけに目を通し直し、「ついては」と車座を見渡す。

「それぞれ、費(つい)えはいくらかな」

「え。趣向だけじゃねぇんですか。費えも出すんですかい」

魚屋の若い衆が訊き直したので、「もちろん」と羽織の裾を払った。

「まずは今年の附祭のお題、そして演目の趣向と演者の人数、費えの見積もり。これらを耳を揃えて名主さんにお出しして、最も良かろうと思われるものが選ばれる、という段取りだ。名主さんはとかく御公儀を憚(はばか)るお立場だから、華美に走って費えが嵩(かさ)む趣向は控えるように、とはいえ附祭があまり粗略じゃ町の名折れだから賑々しくは盛り上げたい。とくに去年の山王祭には、負けちゃあならない。江戸の耳目を輝かす趣向を華美に過ぎぬよう、うまく按配してくれとのお申しつけだ」

それはもう、お祭掛の誰もが想い知らされていることだった。

見物人の評判が良ければ鼻を高くしていられるが、もし「飽き足りない」「見どころなし」と不評を買おうものなら、氏子町の者は江戸のどの道も俯いて歩かねばならない。皆、他人のしくじりはしっかりと憶えている。

しかもここでは言えないが、御公儀には諸大名に対して意図があるらしい。祭によって「江戸の繁華を見せつける」のだそうだ。さらに穿ってみれば、下々のご政道への不満や憂さを祭で晴らさせようという目的もあるだろう。

目の前の連中は、「ええ」と不平顔になった。

「華美に走るな、粗略はまずいって、難しいこと言いやがるなあ」

「わかるよ、皆の気持ち。あたしだって名主さんに意見したんだ。素人には費えの見積もりまで無理ですから、いっそ何もかも玄人の請負師に頼んだ方がよかないですかって」

本当はよその町のお祭掛が言ったのだが、詳しく話すのも面倒だ。

「そしたらさ。何年前だったか、大樹様からお褒めの言葉を賜ろうと気負った町があって、何もかも玄人の請負師に頼んだはいいが、二百両の見積もりがいざ締めてみたら倍の四百両も掛かって、お奉行所からお叱りを受けたことがあるらしいんだよ。つまり、下手に祭の玄人に頼ったら、えらい目に遭う」

ますます場が白けた。こうなると思っていたと、徳兵衛は声に力を籠める。

「ここが知恵の絞りどころじゃないか。何のために、首の上に頭をのっけてるんです」

「徳さん、そりゃ無理難題というもんだ」

「いや、あたしじゃないよ。名主さんにそう言われたんだ。皆も察しておくれよ、お祭掛もなかなか辛いんだよ」

足音がして、お麦が酒肴を運んできた。大丸鉢に盛った煮しめに、貝のぬた和えだ。

「あら、どうしたの。急にお通夜みたいになっちゃって」

畳に膝を突きつつ、「こっち、こっち」と背後を振り向いている。開け放した襖の陰からひょっくりと顔を出したのは、平吉だ。両手で大きな盆を持ち、やけに通る声で入ってくる。

「どうも、皆さん、ご苦労さんです」

「平ちゃん、真ん中にお出しして。小皿とお箸もね。あんたも食べてくでしょ」

「それは有難い。おかみさんのお菜は、何でも旨いんだ。さ、ささ、どうぞ」

小皿と箸を配る。

「ご遠慮なく」

徳兵衛はお麦に噛みついた。

「何でこいつが箸を配ってるんだ」

「お味噌を借りにきただけですよ」

「借りにきたって、一度だって返した例がないじゃないか。味噌も店賃も」

すると善助が「まあまあ」と宥めにかかった。徳兵衛に顔を寄せてきて、小声で言う。

「店子に厳しいなんぞの噂を立てられるのも、剣呑ですよ」

善助は時々、番屋で平吉と将棋を指す仲なので、お麦ほどではないがやはり平吉に甘いのだ。徳兵衛は咳払いをして、平吉から眼差しを引っ剝がした。

「まあ、こんな肴しかないけど、呑みながら考えとくれ」

「じゃあ、せっかくだし、いただきやしょうか」

皆、銘々に酒を注ぎ合い、箸を持つ。後家と女師匠は小皿に肴を取り分け、さっそく口に入れた。

「あら、おいしいわあ、このぬた和え」

すると平吉が「そうでしょう」と、また口を出す。ちゃっかりと、女客二人の隣に坐っている。その横にはお麦がいて、「おほ」と笑い声を立てた。

「大したことはしてないんだけど、お味噌が違うのよ。京の下り物に決めてるの」

「この煎り蒟蒻も唐辛子が効いてて、いいお味」

するとまた平吉だ。

「さっき台所で手伝ってたら、油で煎り煮にする時、酒をひと振りしてたね」

「あら、平ちゃん、よく気がついたわねえ」

「へえ。今度、私もやってみよう」

「じゃあ、私もお師匠さんに習っちゃおうかしら。踊り。お三味線も」

何がそうも面白いのか、女三人で盛り上がっている。そのかたわらで平吉は鼻の下をもぐもぐと動かしっぱなしだ。女どもの話に巧妙に割って入り、喰い、え、いつのまにか猪口まで持ってるじゃないか。誰の許しを得てお前は呑んでるんだ、うちの酒を。

「ところで、この思案、いつまでに出さないといけないんですか」と、煙管職人が訊いてきた。平吉が「何の思案なんです」とすかさず口を挟んだ。徳兵衛が「お前はいいから」と止める前に、お麦が答える。

「附祭の趣向を、自分たちで考えるんですって」

「ああ、神田祭ね」

江戸に住んで一年も経たないくせに、したり顔で頷いている。徳兵衛は平吉に取り合わず、煙管職人に顔を振り向けた。

「この三日のうちに出さなきゃならない」

「たった三日」

「各町の趣向を名主さんが吟味していくつか選んで、それをお奉行所に出してお許しをいただかないといけないからね。お許しが出たら今度は五ケ町の割り振りをして、そこからがやっと準備だ。踊台は棟梁んとこに頼むとして、張りぼての人形は人形師に注文しなくちゃならないし、踊子の衣裳は揃いのを拵えて、それから踊りの稽古もある」

「稽古の前に、まず振りつけを考えないと」踊りを教えている後家が言うと、三味線の師匠は「音曲もね」と言い添えた。

「それに、町内の誰が行列に出るか、演者も決めなくちゃ。これが難儀ね」

二人揃って声を落とす。棟梁と鳶の頭も、唸りながら腕組みをした。

「出たいことは皆、出たいが、すってんてんの奴にゃあ自前で衣裳は拵えられねぇもんなあ。小金を持ってる親は親で、己の子を出したくて仕方がない。あそこの子は選ばれたのに何でうちの子が駄目だったんだって捻じ込んでくる奴もいるから、揉めるぜえ」

するとお麦は残念そうに眉を下げ、箸を持つ手を膝の上に置く。

「私もあと十歳若かったら、天女に名乗りを上げるんだけど」

あと十歳若くてもお前は三十過ぎじゃないか。附祭に出る女(おなご)は、ほとんどが二十歳(はたち)前後の娘だぞ。

何せ、江戸じゅうの耳目を集める祭なのだ。見物人らから火がついて、浮世絵に描かれるほどの人気を得るのも夢ではない。大奥の老女(ろうじょ)の目に留まって「奉公に上げるように」との遣(つか)いが来て、後に大変な出世を遂げた娘もいる。

「ともかく、そんなこんなで九月十五日までやることが山のようにある。だから、のんびりと趣向を思案してられないんだよ。龍の張り子は七十両、西王母は百両とか、ともかく書いて出さないと」

徳兵衛としては、一丁目の思案など通ってほしくないのである。万一、選ばれでもしたら他の町との調整役も洩(も)れなく回ってくるし、ちょっとした変更もすべて徳兵衛の元に集まって、それをまた名主に報告しなくてはならない。振り回される。だから、頼むから選に落ちてほしい。

しかしそれをこの衆に言えば、「手前勝手だ、本末が逆だ」と陰口を叩かれる。それに、あまり不細工な案を出して、あの名主に見下げられるのも業腹(ごうばら)だ。

つまり無難な、ほどほどな案を拵えて、「残念ながら選に落ちちゃってね」という結果が徳兵衛には最も望ましい。

「龍の張り子は、七十両じゃ、とてもとても」

唖然として平吉を見た。いつのまにか善助のそばに片膝をついていて、書きつけを覗き込んでいる。

「これ、長崎の祭でやってるのだろ。ああ、西王母も百両じゃ納まらないね。あと四、五十両は見積もっとかないと。いや、天女の数を減らして、桃の造り物も材料を落としたら何とかなるかな」

「銭勘定のできない男が、いい加減なことを言うんじゃない」

叱りつけたが、平吉は紙を持ち上げて目を細める。

「この、将棋の駒の縫いぐるみはいいなあ。ふるってる」

善助が「平ちゃん」と、かたわらを見上げた。

「お前さん、もしかして、玄人の請負師とかもやってたのかい」

「玄人じゃねぇけど、在所の祭は仕切ってたよ。祭の平吉っていやあ、近在三郷にまで聞こえたもんだ。神輿に山車、曳物、芝居に踊り、何でもござれの祭だけど」

すると棟梁が、「そいつぁ心強い」と逞しい声を出した。

「平さんとか言いなすったか。あんたの目から見てどうだい、うちの思案は。いけそうか」

「どれもいいと思うよ。ただ」

「ただ」皆が尻上がりに平吉を見つめた。

「さっき、家主さんは五つの町でこれをやるって言ってたけど、振り分けが難しいかもしれないな」

「振り分け」

「うん。たとえば龍の趣向に決まったとして、張り子で踊るのは一丁目でやるとしても、他の町が何を担当するか、そこまで考えて思案をまとめねぇと、あとでうちの出し物は地味だ、引き立て役かなんて、不満の元になりかねない」

「なるほどなあ。そんなとこまで気が回らなかった」

「じゃあ、西王母も天女も、案をもっと詰めないと」

女たちがまたも顔を見合わせている。

「ところで家主さん、附祭はだいたい何人くらい出演するのかな」

いきなり問われても、そんな細部まで頭に入っていない。まごまごしていると、鳶の頭が「そうだなあ」と言った。

「これまで見物してきた俺の勘だが、多くても八十人ってとこか。百人ってな組は見たことがねぇし、それこそ費えが大変だ」

「それを五つの町で振り分けるとなると、一町で十四、五人かあ」

平吉は善助の手からひょいと筆を奪い、何やらをさらさらと書き始めた。

「おかみさん、もうちっと大きな紙ないかな」

「あるわよ。お前さん、文机の上に反故紙があったでしょ。あれ、出して」

お麦に命じられてむっとしながらも徳兵衛は立ち上がり、文机から紙を取ってきて、平吉の膝の上に放り投げた。

皆は平吉の周りにぐっと集まって、なお真剣な面持ちだ。

徳兵衛は庭に面した縁側に移り、皆に背を向けて腰を下ろした。外はもうすっかりと暮れていて、欠伸を嚙み殺す。

少しばかり、町の衆を集めたことを後悔していた。皆、見物してあれこれ評するのは得意でも、いざ思案となると、からきしに違いないと想像していたのだ。考えあぐねて匙を投げるからその後を引き取って、適当に文書の体裁を整える、そんな段取りのはずだった。

平吉の奴、とんだ番狂わせを起こしてくれると、舌を鳴らした。

あたしは早く六君子湯を呑んで、寝みたいんだよ。

明日も朝から寄合があり、その帰りには屋根職人のところに寄って雨漏りの修繕を頼まなくてはならない。梅雨どきになると、裏長屋のどこかは必ず漏る。

「いいわねえ、平ちゃん。それならどこの町が何をやっても見どころがあるし、子供らが観たってすぐに楽しめるわあ」

お麦め、いったい何を早呑み込みして喜んでるんだ。

平吉が祭を仕切っていたなんぞ、法螺に決まってるだろう。たとえ少しは本当でも、しょせんは在所の村祭だ。こちとら、神田祭ですよ。天下祭なんだ。

「お前さん」「徳さん」何人かに一どきに呼ばれて、座敷を見返った。

「いい案が出たぜ、徳さん。これなら胸を張って出せる」

「この趣向に決まること、間違いなしだ」

上機嫌で「見ろ」と言うので、渋々と立ち上がった。いくつもの膝に囲まれて、反故紙が置いてある。そこに五つの絵が描いてあり、徳兵衛は背を丸めて顔を近づけた。

「桃太郎に金太郎、こっちは浦島太郎に、かぐや姫かい。で、花咲爺さん。何だよ、この落書きがどうした」

「だから、昔噺が趣向のお題なのよう。五つの町各々がどの演目をやったって公平だし、何ていうのかしら、見どころが続いて絵巻物みたいにつながるわ」

お麦は昂奮してか、頬を赤くして声を裏返した。後家と女師匠も胸の前で手を組んでいる。

「出し物も多彩に用意できますしねえ。造り物の曳物でやっても見栄えがしますし、踊台や地走り踊りででも、やり甲斐がござんすよ。平ちゃん、凄いわ」

　当の本人は「いや、ほんの思いつきで」と、わざとらしい謙遜ぶりだ。徳兵衛は鼻を鳴らした。

「あたしはこれでもいいけど、昔噺をそのままやったって工夫がないって言われるような気がするけどね。名主さんにね」

　ともかく今夜はお開きにさせてくれ。くたくたなんだ。

「じゃあ、少し考えてみるから、明日の朝、出直してもいいかな」

「お前が考えるのか」

「乗りかかった舟だし」

　お前が勝手に乗ってきたんだろうがと平吉を睨みつけたが、皆はやけに晴れ晴れとしていた。

「いやあ、助かるぜ」

「任せたよ、助っ人」

　平吉は皆の前で格好をつけているだけなのだ。安請け合いをして、朝になればけろりとして肩をすくめるに違いない。

　ああ、あれ、なかなか難しいですね。

　そしてそのまま投げ出す。金魚売りや洗濯屋や、鳥の巣引きのように。

けれど徳兵衛は黙っていることにした。ともかく横になりたかった。

九月に入ったばかりの夜、徳兵衛は饂飩を啜ってから文机に向かった。

十五日当日、川越から江戸に見物に出てくるかどうか、地主に文を書いて問い合わせるのである。見物に出てくるとなれば、祭礼行列がよく見える家に頼んで、桟敷の一隅を確保しなければならない。通りという通りがぎゅう詰めになるので、道端に立てば揉みくちゃにされるだけだ。頭に芋の皮が飛んでくるし、肘で突かれる、向こう脛は蹴られる。

そうだ、菰被りの酒に小豆飯だと、手を止めた。文机に向かいながら背後の女房に訊く。

「お麦、伊丹屋と松葉屋に頼んであるんだろうね」

地主たるもの、祭の日は町の衆に酒や飯を振る舞わねばならない。その手筈をつけるのも家主の務めだ。うんともすんとも返事がないので振り向くと、お麦は長火鉢の前に坐って頬を動かしていた。

「聞いてるのかい。返事くらい、しなさいよ」

「ちょいと待って。今、お芋、食べてたもんだから」

目を白黒させて胸を叩き、鉄瓶から湯呑に湯を注いでいる。

「饂飩を食べて、今度は芋か」

「お腹が空くんですよう。踊りの稽古は」

五月に一丁目が出した『昔噺』の趣向は他の町々を尻目に、選ばれてしまったのである。

驚くべきことに、『昔噺』を後押ししたのは江戸城の大奥だった。名主はいくつかの案を選んで町奉行所に上げ、お奉行は側衆にそれを上げ、側衆は大樹様に上げ、すると「大奥に決めさせよ」との思召しで、老女を通して御台所様にまで思案書が回ったという。

そこでどんなやりとりがあったのか下々には知る由もないが、おそらく老女が読み上げる趣向に耳を傾けた御台所様が、こんなことを言ったのだろう。

わらわは、昔噺が好みじゃ。とか、何とか。

それで五ケ町でそれぞれ金太郎や桃太郎などの受け持ちを決め、旅籠町一丁目は『紅葉爺や』を出すことになった。

あの日の翌朝、平吉は思案を練り直して持ってきたのだ。

「家主さんの言う通り、何もかも昔噺のまんまじゃ面白くねぇから、花咲爺さんの筋立てはそのままに、桜を楓に変えてみたらどうかと思うんだけどね」

「楓なんぞにしたら、どうやって花を咲かせる」

「最初は青楓にしておいて、仕掛けで紅葉させたらどうかと思って」

その楓の木は縫いぐるみで演ることになり、希望者が五十人も集まった。それで徳兵衛は籤を用意したのだが、その中に番屋の書役である善助もいたのだ。やけに思い詰めた顔をして、だから当たり籤を引き当てた時は涙ぐんでいた。

「家主さん、こんなの、生まれて初めてです。ずっと地味に生きてきて、餓鬼ん頃から人前に立つなんてこと、ただの一度もなかったんですから」

「あたしも驚いたよ。お前さん、祭に出たい男だったのかい」

「運試しのつもりだったんです。家主さんのそばで働かせてもらってますから、ひょっとして、あたしにも家主さんの運のおこぼれが回ってくるかもしれないって」

善助は洟を光らせながら、泣き笑いをしていた。

それからどう稽古を積んでいるのか、徳兵衛は知らない。毎日のように名主に呼びつけられ、他の町に呼ばれ、家主としての仕事はすべて夜になる。

「お前さん、ちょいとこっちで休んだら。お茶淹れるから」

「今、手が離せない。それより、酒と小豆飯の手配は」

「ちゃんと頼んでありますってば」

そして紅葉爺さんの役を射止めたのが、お麦だ。といっても、こっちは籤引きではなく出演希望者が他にいなかったおかげだ。お麦は「若い時分に習っていた踊りの腕を買われちゃって」と吹聴しているが、若い娘らにしてみれば義経のような若武者ならともかく、爺さん役なんぞ願い下げだったのだろう。白髪に白鬚で覆ったら、自慢の器量も見物人に披露できない。

「そういえば、平吉は店賃を持ってきたのか」

お麦は湯呑を両手で持ったまま、頭を振った。

「平ちゃんも忙しいから」

「忙しいって、あいつの何が忙しい。祭が終わったら、今度こそ叩き出してやる」

五月にひと月分だけ店賃を持ってきて、「後は来月まとめて」の空手形を振り出した。

「叩き出すって、溜まった店賃はいいんですか。あきらめるんですか」

地主には言い訳のしようも尽き、じつは徳兵衛が立て替えて納めているのだ。徳兵衛にしたら大した額ではないが銀子の多寡ではなく、平吉の性根が気に入らない。もう堪忍がならない。

「だいいち、うちの趣向が通ったのは平ちゃんのおかげじゃありませんか。こんなことは滅多にあることじゃないって、皆、どれほど喜んでることか。立役者ですよ。お前さんは家にほとんどいないから知らないだろうけど、祭の準備も骨惜しみをしないで手伝ってくれてんのよ。善さんの稽古の相手だって、そりゃあ辛抱強く」

「そうやって持ち上げるから、ますます図に乗って働かないんだ。祭と店賃は別だよ、別っ」

「そりゃ、そうでしょうけど、お前さんも名主さんには随分といい顔できてるんでしょう」

徳兵衛も思案が通った時は、少しばかり誇らしかった。しかしそれは束の間のことだ。

「万一、しくじったら、御公儀や見物人の不評を買ったら、それは全部、あたしのせいになるんだよ。お前はわかってんのかい、事の大きさを」

お麦は眉を下げ、溜息を吐いた。湯呑を長火鉢の猫板の上に置き、膝をこっちに向ける。

「祭は皆で、賑やかに楽しむものよ。それでこそ、神様も喜んでくださるんだから」

それがわざわざ改まって言うことか。そんなこと百も承知だ。

「お前、会ったことあるのか」

「誰にですか」

「神様だ」

「ありませんけど」

お麦が小鼻を横に広げた。

「なら、神様が喜んでくれるとか、いい加減なことを言うんじゃない。皆が楽しむための祭を用意するのは、このあたしなんだ」

お麦は頰杖をついて、「あたし、あたしの大行列」端唄めいた節回しで呟いた。

徳兵衛は文机に向き直り、筆を持つ。

江戸じゅうが日に日に熱中を増していくというのに、お祭掛の己が独り、取り残されているような気がした。

祭礼行列に付き添って、徳兵衛は歩き続けている。

前を行く町名主の彦左衛門や同心からはぐれないように、それにもまして一丁目の行列に粗相がないようにと目を配りつつ、足を運ぶ。

もう腋も背中も汗だくになっている。極度の緊張のせいもあるが、見物人の熱狂が早や凄まじいのだ。

幸い、『昔噺』の附祭は今のところ評判が良さそうだ。と言っても、先に進んでいる他町の桃太郎とかぐや姫が「そうらしい」と同心に聞いただけで、一丁目の紅葉爺さんはまだわからない。町によって張りぼての人形や衣裳拵え、歌舞音曲のつけようが違うので、自ずと出来も異なってくる。

しかも祭礼行列は延々と唄い踊り続けるのではなく、曳物を挟んで歩くだけの道のりもある。ゆえに大店や大名屋敷からは事前に依頼がきて、その桟敷前でだけきっかりと演じ、おひねりを頂戴する。

川越の地主からは結局、見物に来るとも来ないとも返事がなかったので、その段取りをせずに済んだだけ助かった。

前を行く二丁目の行列が、日本橋の大店の桟敷前に練り込んだ。前方六人、後方も六人で曳いていた踊台が止まり、隈取りをした桃太郎が腕を回して踊り始めた。この役に抜擢されたのは若い娘で、凜々しい武者姿だ。親きょうだいから親戚縁者まで総出で行列について回っているらしく、掛け声が凄まじい。

「おふじの桃太郎、日本一ッ」

負けじと声を出すのは、猿や雉、犬の役を振り当てられた子供らの親だ。口々に我が子の晴れ姿を自慢し、騒ぎ立てる。桃太郎が踊りながら猿を組み伏せ、猿がくるりと転がった。

「見てみねえ、あの転がりよう。あれ、うちの子だ、うちの八ちゃんだ」

「そら、八ちゃん、次は立ち上がって足を三べん踏み鳴らすんだよ。そこでくるりと回って三歩右へ。そうそう、その調子」

親は毎日、子供が踊りの練習をするのにつきっきりで、振りつけのすべてを憶えてしまっているのだ。

見物人の波に揉まれないように身を引きながら、徳兵衛は後ろから続く一丁目の紅葉爺さんを待ち受けた。

拍子木が鳴り、踊台の綱を曳く若衆らの木遣り唄が辺りに響く。

来た、来たと、徳兵衛は身構えた。

趣向を考えた夜に招いた魚屋の若い衆と、煙管職人の顔が見える。大工の棟梁と鳶の頭は加わっていないが、それぞれの職人衆のとりわけ威勢のいいのを参加させていた。

そして踊台の上には、爺さん役のお麦が縫いぐるみの犬と共に並んでいる。

足許には石組となだらかな草地が造ってあり、大判小判の壺は鮮やかな黄色だ。台の下に仕込んだ車は露わに見えないように幕が回してあり、大小の菊花や隈笹、秋の七草の造花で彩られている。

前の組に続いて、桟敷前に練り込んだ。

まずは、お麦の爺さんが能の翁のように静かな舞を始める。

五日前に本番さながらの下検分が行なわれ、それには徳兵衛も立ち会ったので、何となく段取りは憶えている。善助の楓は両腕を広げたまま微動だにしないので、徳兵衛の背後の者らは「あの木、縫いぐるみじゃなくて、人形なのか」などと囁き合っている。

善助、なかなかやるじゃないか。

徳兵衛は「どうだい」という気持ちになって、かたわらに立っている彦左衛門の顔つきを盗み見た。しかし何の興も催していなさそうな面持ちで、帳面に目を落としては前を見るという忙しなさだ。あらかじめ提出してある演目の仕様と実際とが一致しているかどうかを確認するのが今日のお役目であるのだが、あまりの素気なさにこっちが興醒めをする。

そういや、平吉の奴はどこだ。囃子方は青に太い白格子という派手な色小袖で、下は銀鼠の袴だ。

ああ、いた。

その横顔は口許を引き締めていて、やけに神妙だ。

そうだ、その調子だ。頼むから、今日だけは何もしでかさないどくれよ。
と、太鼓に大太鼓の面々がどんつくどんつくと奏で始めた。子供らの犬が七匹、爺さんに絡み、唄と三味線の調子がひときわ賑やかになる。お麦の爺さんは芝居のように唄い踊り、滑稽な所作で犬らと押し引きをするので、見物人らから笑い声がどっと沸いた。

受けてるじゃないか。やるじゃないか。見事な踊りっぷりだ。芸事はまるでわからないが、きっとそうに違いない。

「いよッ、一丁目ッ」

ついに、大向こうから声が掛かった。踊台の後尾から、大判小判の造り物をつけた縫いぐるみの五人が飛び出す。ここまでは何もかも、届け出た通りに進んでいる。

この後、お麦の爺さんが楓の善助の周囲を回り、腕を大きく振ると枝が動き始める。動く。

徳兵衛は息を呑んだ。動くはずが、動かない。お麦はもう一度回り、同じ所作をした。しかし善助は直立したままだ。

彦左衛門を見れば、頰を強張(こわば)らせている。同心らも苦い顔つきで、帳面に何やら書きつけている。見物人らも番組を持っている者らが気づいたのか、ざわざわと言葉を交わし始めた。

「妙だの。楓がここで踊るはずだぜ」

善助の楓は棒立ちのままで、お麦は同じ所作で踊り続けている。

「さてさて、こいつぁ、えれえこった」

と、鼓の音がぽぽん、ぽぽぽんと響いた。

平吉を始めとする噺子方が見物人のざわめきを掻き消すように大きく奏で、やがて拍子木が仕舞いの音を打ち鳴らした。それを合図に踊台が退場を始めた。大店の桟敷に並んだ主一家と客人らは不満足も露わで、見物人の間からも失笑が漏れる。

「いいぞお、初々しいぞお、一丁目ッ」

揶揄の声が飛び交い、徳兵衛は彦左衛門の方へ顔を向けられない。

一丁目の出し物、相違甚だし。以ての外の、大しくじり。

そんな文言が頭の中を過った。胃の腑が捩じ上げられ、絞った手拭いみたいに形がわかる。

彦左衛門に呼ばれてそばに参じると、あんのじょう眦を吊り上げていた。

「いったい、どうなってるんです。番狂わせはいけないとあれほど言いつけておいたのに、ましてあのお店は御公儀御用達の老舗ですよ。あたしも昔から可愛がってもらってるんです。とんだ恥を掻きました」

ただ頭を下げ、詫びるしかない。

「城中の上覧所では、お願いだから届け出通りにやってくださいよ。本当はもう、このまま帰ってもらいたいけどね。出し物を本番で減らすなんてことはできやしないから、仕方ありませんよ」

「申し訳ありません。皆にきっちり言って聞かせます」

逃げるように彦左衛門から離れ、行列に近寄った。今は、皆、ぞろぞろと練り歩いている時だ。

それにしても、何てぇざまだ。

「どうしたんだ、いったい」

お麦のそばに寄り、肩を並べて歩きながら訊ねた。

「善さん、腰をやっちゃって動けなくなったみたい」

「腰って、いつ」

「だから、踊台の上でよ。あの縫いぐるみ、枝をたくさん付けてあるからそりゃあ重いのよ。善さん、あんなに稽古してたのに。気の毒に」

白眉の下の小さな目が何度も瞬きをして、声が湿っている。周囲を見れば、犬の縫いぐるみをつけた子供らもしゅんとして、とぼとぼと歩いているではないか。誰も彼もがうなだれて、肩を落としている。

「善さんはどこだ」

「踊台から皆で担ぎ下ろして、平ちゃんが介抱してくれてる。善さんを荷車に乗せたらすぐに追っかけるから、ともかく先に進んでてくれって」

踊台は道の途中で引き返せないのが決まりだ。ともかく前に進むしかない。

徳兵衛は振り向いて楓の縫いぐるみを目で捜したが、見物人の波に呑まれて姿が見えない。むろん平吉の姿もだ。

と、斜め後ろの道の脇で、青葉がちらりと動いたような気がした。「見てくる」と行きかけ、もう一度、お麦に声を掛けた。

「その子らの面倒だけは、ちゃんと見てやっておくれよ」

白鬚のお麦は、うなだれた縫いぐるみたちを見下ろした。

「この子らが祭嫌いになったら困る。……お祭掛としてはな」

そう告げて後方に向かった。やはり善助だった。荷車に乗せられて、平吉が曳いている。

「大丈夫か」

顔を覗き込んでみるものの、茶色に塗りたくっているので顔色がわからない。

「すみません、とんだことをしでかしちまって」

「詫びるのは後だ。具合はどうなんだ。この後、演れるのか」

すると平吉が「たぶん、昔の怪我がぶり返してんだよ」と、脇からとりなした。

「昔の怪我」

「梯子から落ちて、腰を打ったことがあるらしい」

植木職人をしていた頃の怪我だと、思い当たった。それにしても。

よりによって、何で今日という日に。

「いえ、もう随分と楽になりました。さっきはちっとでも動いたらひっくり返っちまいそうで、そんなことになったら大騒ぎになると思って、それでただもう、ひたすら立っていたんです」

しかし善助の蟀谷(こめかみ)には脂汗が光っている。これはもう、続けさせられない。

「善さん、行列からお外れ。平吉、つき添って送ってやってくれないか」

「俺はいいけど」

すると善助は腰を折り曲げながらも、きっと顔だけを上げた。

「それだけは勘弁してください。ここで行列を抜けたら、あたしは番屋に坐ってられなくなる。後生だ、家主さん」

いったい、どうすりゃいいんだ。

善助の気持ちはわかる。己のせいで出し物の内容が変われば、これまで懸命に頑張ってきた皆はどうなる。一丁目の評判はどうなる。

それはわかるがこのまま無理をして行列に戻っても、どのみち、上覧所前では踊れないだろう。

平吉はただ黙って善助を見下ろし、肩に手を置いている。

善助の身を案じ、祭を案じている。あたしもきっと今、同じような目をしているのだろう。

どうしてこんなことになるんだと、徳兵衛は下唇を噛む。枝が思った以上に重くて、首はもうまったく回らない。

「お前さん、お似合いですよう」

お麦はくすくすと含み笑いをして、犬の子供らも「お似合いですよう」とはしゃぎ回る。

「余計な声を掛けないどくれ。振りを忘れちまうじゃないか」

すると曳手の若衆や踊子の娘ら、噺子方も周囲に集まってきて、「いいね」と笑った。

「よくないよ。あたしは平吉に代役をさせようと思いついたのに、あの馬鹿、喰って寝てばかりしてるから胴回りが太くて、縫いぐるみの衣裳が入りやしない」

そして徳兵衛の躰(からだ)はぴたりと、それこそ誂(あつら)えたかのように合った。誰かが化粧道具を借りてきて、顔も茶色く仕上がっている。

「それにしても、牛が厭(いや)がってくれて助かりましたなあ」

そう言ったのは、亀川という噺子方の親方だ。

祭礼行列は田安御門(たやすごもん)から江戸城内に入るという道筋を決められているのだが、三番組の山車を曳く牛がどうしても門を潜らず、それで行列が止まっているのである。おかげで、徳兵衛が急拵えをする時間が取れた。

「牛とはいえ、大変なことだ。あすこのお祭掛は、後でこっぴどくお叱りを受けるだろうね」

するると亀川は「いやあ、毎年、何かはあるもんですよ」と笑った。

「御公儀も仕様通りをうるさくおっしゃいますが、野放しにしたら、皆、銘々に好き放題やるからでね。起きちまったことをとやかくお咎めにはなりませんや」

亀川は玄人であるので、去年の山王祭にも出ていたらしい。

そうか、なら、あたしはちっとばかり言い過ぎたかなと、気が差した。

徳兵衛は「善助の代役を立てる」と彦左衛門に告げに行き、頭ごなしに怒鳴られたのである。

「また、あなたですか。いい加減にしなさいよ」

「ですが他でもない、躰の具合が悪いんです。このまま続けさせるわけには参りません」

強い口調を遣ったので、彦左衛門は目の周りにかっと朱を散らした。

「祭が終わったら、この責めは取ってもらいますからね」

「結構ですよ。煮るなと焼くなと、好きにしやがれ。ただじゃ置かない」

足を踏み鳴らしていた。

「何だって」

「ぎゅうぎゅう、ぎゅうぎゅう、上から押さえつけたって、人はついてきやしないって言ってるんですよ。まだお若いから侮(あなど)られまいと気を張ってなさるのかもしれませんがね、祭ってのは楽しむもんだ。そうやって、神様に喜んでいただくんです」

　徳兵衛が言い捨てると、彦左衛門の背後にいる同心らは目を丸くしていた。それから彦左衛門は徳兵衛を避け、他の名主らと一緒に歩いている。

　ひょっとしたら、町役人はもうお役御免だろうな。名主と揉めてしまったんだものな。

　あたし、何やってんだか。

「さあ、そろそろ動くって。皆、神妙に」

　行列の前から指図を寄越したのは平吉だ。

「お前に神妙にと指図されるとは、我が身が情けないよ。ところで善助は」

　すると平吉はにかりと笑い、そのまま背を向けて歩き出した。

「おい、何を企(たくら)んでる」叫んだが、「しっ」とお麦に叱られた。

「踊台の上で大声を出すんじゃありませんよ。お前さんは楓の木なんだから。木っ」

行列を整えながら田安御門に近づくと、憶えのある菅笠が見えた。

あの花熨斗、あたしのじゃないか。

徳兵衛は踊台の上から目を凝らした。善助だ。荷車に正坐して、申し訳なさそうに頭を下げている。荷車は色布を引き回し、造花までつけて飾ってある。行列の中に入っても目立たぬようにと、平吉がどこかで調達してきたのだろう。

「善さん、行くよ」

何人かが張りのある声で言い、荷車を曳く。噺子方の中に入れはするが、善助は荷車に坐っているのがやっとの様子だ。

それでも一緒に城中に入る、それが肝心だ。

前の組が次々と披露を終え、上覧所の前に近づいていく。たちまち胃の腑が縮み、心の臓が動悸(どうき)を打つ。眩暈(めまい)がする。

拍子木の合図で、笛の音がひょようと鳴り響いた。若衆が木遣り唄を歌いながら、踊台の綱を曳く。秋風の中を、お麦の爺さん、子供らの犬までが雄々しく前を向いている。

「お前さん、しっかり」

お麦が顔だけでこっちを振り向いて、小声で言った。

「お前こそ」

やがて、お麦と子供らが正面に踊り出た。徳兵衛はじっと息を凝らし、楓の木を務める。

ちらりと、広い白砂の向こうにまなざしを放ってみた。

そこに大樹様がいるのだ。御簾の向こうには、御台所様や大奥のお女中らがずらりと並んでいる。あたしらを見物していなさる。

平吉の小鼓の音で、徳兵衛はいよいよ手を動かした。無我夢中だ。やっつけで憶えた振りつけなんぞ、すぐに頭から吹っ飛んだ。しかしお麦の爺さんや七匹の犬らは慌てず調子を合わせてきて、壺の前で転がったり跳ねたりし始めた。大判小判の作り物が壺から飛び出す絡繰りが見事にうまくいき、御簾の向こうでどよめきが起きたのが聞こえた。

「楓に秋を招きましょうぅ」

踊台の下では踊子の娘らが歌いながら踊り、紅葉爺さんが籠を手にしてくるりと回る。とんと足を鳴らしたのを合図に、徳兵衛は仕掛けの糸を引いた。

すると枝々についた青葉が裏返り、一斉に紅葉に早変わりする。「え」と、声が洩れた。葉っぱ一枚、裏返りやしない。どうなってんだと、もう一度糸を引く。焦って闇雲に引いても、どうにも動かない。ここが一番の見せ場だというのに、びくともしない。

「踊って秋を招きましょう。正直爺さん、大判小判、ここ掘れ、うおん、うおん」

なぜか平吉が歌っていた。こんな段取りはなかったはずだし、初めて耳にする節回しだ。そうかと、気がついた。たぶん皆が立ち往生しないように、唄で導いているつもりなのだろう。

何とも、こなれた響きだ。片頬には笑窪を泛べている。

徳兵衛は再び、とんつく、とんつくと手足を動かした。お麦も皆を誘いながら徳兵衛を囲み、やがて輪踊りになった。もう、思いつくままに掌を回し、肘や膝を上げる。

刹那（せつな）、腕に妙な感じが起きた。ざっと音がして、青葉が裏返った。

紅葉だ。青葉が見事なほど赤い葉になって、しかも次々と枝から離れていく。はて、こんな仕掛けだったかと思いながら、徳兵衛は両腕をはばたかせた。

踊れ、踊れ。あたしらの天下祭だ。

囃子の音に乗って、無数の紅葉が秋空に舞い上がった。

祭のさまざまな後始末を終え、八丁堀（はっちょうぼり）の与力同心屋敷にお礼参りに行った。

九月十八日、ようやくお祭掛から放免されたのである。

町名主の彦左衛門は徳兵衛と一切口をきかず、目も合わせなかった。ただ、今のところ、町役人はお役御免になっていない。

旅籠町一丁目の紅葉爺さんは、大樹様から「珍妙なる踊り」との褒詞が下され、大奥からも褒美の銀子が下されたのだ。他のお祭掛から聞いた噂では、彦左衛門はそれで鼻高々であったという。

こうして往来を歩けば、方々から「ご苦労さんでした」と頭を下げられる。

「ほんに、いい祭でした」

皆、上覧所での出し物は見ていないはずなのに、細部まで知れ渡っているらしい。

一度限りの附祭でよかったと、徳兵衛は心底から思う。皆がその場その場の思いつきで、歌い踊っただけなのだ。同じことは二度とできない。

「皆さんのおかげですよ」

徳兵衛も頭を下げる。

番屋を覗くと善助の横顔がある。熱心に書き物をしているので、そっと足を引き、家に向かった。徳兵衛が中に入れば、善助は気を使って茶を淹れたりするのだ。腰はまだ痛むらしく、温石を当て、家では灸もすえているらしい。

「帰ったよ」

表障子を引いてお麦に声をかけた。何の返答もない。買物に出たか。それとも、さっそくお師匠さんの所か。

昨夜、踊りの師匠に正式に弟子入りしたいと言うので、「好きにしなさい」と答えたばかりだ。徳兵衛は草履を脱ぎかけて足を止め、踵を返した。表店の間にある路地に入り、裏長屋に向かう。

平吉の宿は一番奥で、ごみ溜の脇を抜け、そのついでに大根葉が落ちているのを拾い、井戸端に出しっぱなしになっている誰かの盥を隅に立て掛け直す。

「平吉、あたしだよ。入るよ」

中へと足を踏み入れた。薄暗い。

「相変わらず、挨臭いねえ。店借人なんだから綺麗に住んでくれないと、家が傷んじまう」

ぼやきながら上がると、誰かがぺしゃりと坐っている。

「お麦じゃないか。どうした、こんなとこで」

顔を上げたお麦は「お前さん」と、何かを差し出した。首を傾げながら手の中を見ると、覚えのある祝儀袋だ。

「これ、昨日、渡した褒美じゃないか」

大奥から下された銀子は祭礼行列に参加した皆に分け、町入用にも一両を入れたのである。そうしておけば、再来年の祭にまた使うことができる。といっても、附祭を拝命するのはおそらく何十年後かなので、町の軒提灯を新調したり、他町への祝い酒に用いることになるだろう。

「勝手に他人の銭に触ったりして、どうした。お前らしくもない」

「畳の上にそれだけが置いてあったのよう。だいいち、袋の中はからっぽ」

徳兵衛は舌打ちをした。

「あいつ、また心得違いだ。どこに遊びに行ったのか知らないが、まずは溜めてる店賃を綺麗にしてからだろう。何でそんな簡単なことがわかんないのかねえ」

言いつつ、妙なことを思い出した。

「そういえばお前、あいつに銭を無心されたことなかったか。五月だよ、あたしがお祭掛になってまもなくの頃」

「何ですよぉ、いきなり」

「前から訊ねようと思ってたんだ。あいつ、五月に一度だけ、店賃を持ってきた」

お麦は、「ああ」と間抜けな声を出す。

「在所から幼馴染みが出てきてるんで、どうしても江戸見物に連れていきたいって拝まれちゃった、ことがあったような」

「やっぱり。今日こそ、とっちめてやる」

「どうかしら」

「どうかしらって、何だよ」

「ここんち、見て。掻巻どころか、茶碗一つありませんよ」

家の中を見回せば、お麦の言う通り、もぬけの殻だ。

やられた。

「夜逃げだ。あいつ、夜逃げをしやがった」

「在所に帰ったのかもよう。天下祭で、村が懐かしくなったんじゃないかしら」

「夜逃げされて、しみじみしてるんじゃない」

徳兵衛はわめきながら、路地に飛び出した。

外に出てきたお麦は秋空を見上げ、とんつく、とんつくと拍子を取る。

「平ちゃん、ひょっとして、お祭の神様だったのかも」

その横で、徳兵衛はひどく悔いていた。ちと気を許したのが間違いだった。

しかしもう、後の祭だ。

名水と葛（くず）

篠 綾子

一

上向きに弧を描く日本橋の、最も高い位置に達した時、行く手から柔らかな風が吹きつけてきた。はるか彼方には富士の山が鮮やかに見える。暑気を払ってくれそうなすがすがしい風を受け、お鶴は軽く耳もとに手をやり、わずかなほつれ毛を払った。

「お嬢さん、大事ありませんか」

おせいはお鶴の後ろから声をかけた。

お鶴は日本橋室町二丁目にある草履問屋、木屋市兵衛店の娘で、おせいはその女中である。お鶴は十五歳で、おせいはその三つ上。奉公に上がって五年、ひ弱なお鶴に仕えるのは決して楽なことではなかった。

「大事無いわ」

お鶴が振り返って明るく笑う。無理をしているふうではない。

「私だって、自分の体の声をちゃんと聞けるようになったのだから」

少し得意そうに、胸を張ってお鶴が言う。

屈託のないその笑顔を見ながら、お嬢さんも変わったな、とおせいはしみじみ思った。以前はこんなふうに笑うことも、自分の体をいたわることさえしない少女だった。

お鶴は再び前を向いて橋を渡り始め、おせいはその後に続いた。

日本橋を南側へ渡り終えると、すぐそこは通り一丁目で、呉服商白木屋の店前である。曲尺を二つ交差させたその下に「一」の字をあしらったおなじみの屋号紋が、藍染めの暖簾に白く染め抜かれていた。相変わらずの繁盛ぶりで、出入りする人も多い。

奥の蕎麦屋は、昼には遅く夕方には早い時刻のせいか、さほど混んでもいないようだ。三味線弾きの女が木綿の小袖を粋に着こなし、思わせぶりに弦を弾いている。

お鶴とおせいは人の多い大通りではなく、白木屋の裏庭に出る小さな通りへ入った。裏庭は白木屋の敷地内ではあるのだが誰でも出入りでき、井戸と観音像の祠がある。

庭に足を踏み入れた時、さわやかな風が吹きつけてきた。立派なつくりの井桁が目に入ってくる。

人々から「白木名水」と呼ばれる井戸であった。

この井戸が「名水」と呼ばれるゆえんは、神田川や玉川から水を引くのでなく、正真正銘、地下から湧き出たことにある。白木屋の二代目が私財をなげうって掘ったものだ。

水事情のよくない江戸の地では、掘れども掘れども水脈に行き着かなかった。そんな時、土の中から観音像が現れた。と思うと、そこから滾々と清水が湧き出たと言われている。

白木屋はこの水を独り占めせず、皆に開放した。伝え聞くところでは、白木屋の初代は「商いは利益を取らず正直に良きものを売れ末は繁盛」を家訓としており、二代目もそれを堅持する人物だったようだ。

さらに、この水は体にもよいと言われる。

何でも、越前松平家のお殿さまのご不調が井戸のお水でお治りになったのだとか。それ以来、越前松平家では白木屋の井戸水を毎朝汲みにきているそうな。

それを耳にした木屋市兵衛は「それほど体によい名水ならば、ぜひともお鶴に飲ませたい」と言い、木屋でも毎朝奉公人が井戸水を汲みに行くようになった。

そうしてお鶴は白木名水を飲んで育つことになる。

一方、貧乏長屋で育ったおせいにとって、水道の水でない本物の井戸水とは冷や水売りから買うものであった。木屋へ奉公に出て、日頃から名水を口にできる贅沢に驚いたものだ。

ところが、お鶴はこの名水でも、汲み置いて温くなったものは嫌だというわがままぶりであった。

おせいがお鶴に仕え始めて間もない頃、冷たくなければ飲まないと駄々をこねられ、真夏に白木名水を汲みに行かされたことがある。しかし、大急ぎで持ってきたその水も、椀に注いだ時には温くなっており、「役立たず」と水をぶちまけられた。

（あの頃、お嬢さんのお世話はもう無理と思ったこともあるけれど……）

おせいは、木陰で石に腰かけているお鶴のもとへ、汲んだばかりの井戸水を持っていった。ここへ来る時はいつも竹筒を持ち歩いている。

「ありがとう」

竹筒を受け取ったお鶴は、美味しそうに水を飲んだ。

「ああ、生き返ったわ。私はもういいから、おせいも飲みなさい」

返された空の竹筒を手に井戸端へ戻って、おせいも井戸水を口にする。からからに渇いた舌と喉に、冷たい水が心地よく沁みていった。ほのかに甘みのある水が喉を通り、体を潤していく。

おせいは水を飲み終えると、手ぬぐいを冷水で濡らし、急いでお鶴のもとへ戻った。

「これで、首筋を冷やしてください」

「助かるわ」

お鶴は手ぬぐいを受け取り、そっとうなじに当てると、静かに目を閉じた。

今ではどうということもない当たり前のやり取りだが、かつてのお鶴からは考えられないことだ。

（あの時、森野先生と出会うことがなかったなら……）

お鶴は決して今のようにはならなかっただろう。お鶴とおせいとの間柄が今のようになることも。

井戸の方から吹きつけてくる風が心地よく、お鶴はまだ目を閉じている。

木漏れ日の落ちる色白の小さな顔を見つめながら、おせいはお鶴と出会った頃に思いを馳せた。

二

おせいが木屋へ奉公に上がったのは十三歳の時である。少しばかり奥向きの下働きを務めた後、ひ弱であまり外に出ることもないお鶴に仕えることが決まった。その途端、

「まあ、大変だと思うけれど、修業だと思ってがんばりなさい」

「どうしても耐えられなかったら相談するのよ。聞いてあげるから」

不安をあおるような声が耳に入ってきた。それなのに、誰もくわしいことは教えてくれない。

やがて、おせいは正式にお鶴に引き合わされ、その世話をすることになった。

「薬を飲むから水を持ってきて」

つっけんどんな調子で初めに言われたのは、恐れていたほど無謀な命令ではなかった。

お鶴が薬の服用を嫌がっていることは、事前に主人夫妻から聞かされていた。

「お鶴が薬をちゃんと飲むよう、お前が見張っておくのだよ」と言われていたから、これは大事な仕事である。

おせいは水瓶の水を注ぎ、お鶴のもとへ取って返した。ところが、「こんな温いの、飲めないわ」と言われ、汲み直してこいと言われた。しかし、水瓶の水は汲み直しても同じである。そこで、冷や水売りから水を買い、汗だくになりながら水を持っていくと、今度は「いつもより不味い水で苦い薬を飲めと言うの？」と顔をしかめられる。泣き出したい思いで、どうすればいいのかと尋ねると、

「白木屋の井戸まで行って、冷たい水を汲んできてちょうだい」

と、お鶴は答えた。言われた通り、おせいは日本橋を走って往復した。それなのに、ようやく汲んできた水は温いと言われ、顔にぶちまけられたのだ。

（あたしには……とても無理）

おせいは一日で音を上げそうになった。この日は、お鶴の母のお絹に事情を話し、あとはお絹に任せることで何とかお鶴に薬を飲ませた。だが、毎回そんなわけにはいかない。

よくよく聞けば、おせいの前にも多くの女中がお鶴付きとなり、長くはもたずに姿を消した。お鶴に嫌われた女中の末路はどうなるのかというと、何と木屋の親戚筋の店へ回されるという。

木屋の本家は江戸開府の頃から、この日本橋で商いをしており、もともとは種々のものを取り扱う小間物問屋だった。やがて漆器を扱うようになり、それから徐々に暖簾分けをして店が増えていったのだが、草履問屋の木屋市兵衛店もその一つである。

いずれは、自分も余所の木屋へ回されるのかと、おせいは覚悟を決めた。しかし、お鶴のわがままや意地悪に悩まされるのは女中だけではなかった。

「誰よりもおかわいそうなのは、坊ちゃんよ」

と、年かさの女中から聞かされ、おせいは目を見開いた。

お鶴には二つ年下の弟がおり、名を市助といった。幸い丈夫に生まれつき、木屋の跡取りと見なされている。ところが、両親はお鶴のことで頭がいっぱいだから、市助はあまりかまってもらえない。親から甘やかされ、大事にされるひ弱な姉を見ながら、それでも文句も言わない我慢強い子供だったのだが……。

その市助を、お鶴が陰でいじめているという。

「坊ちゃんが一生懸命編んでいた作りかけの草履が、何度もなくなったり、池に放り込まれたりしてるのよ」

それはお鶴の仕業に違いないと、女中たちは言った。

木屋では主人一家から奉公人まで、草履作りを仕込まれる。それ自体を仕事とするのでなくとも、職人の苦労を肌で分かるように、という先代の教えによるものだ。

いずれ木屋の主人となる市助にとって、それは大事な修業であり、お鶴がその邪魔をするのは由々しきことであった。とはいえ、はっきりとした証拠が上がらぬ以上、薄々分かっていても誰もお鶴を咎められないという。

「お嬢さんは草履作りをなさらないんですか」

おせいは女中たちに尋ねてみた。

「一応この家の決まりだから、教えは受けているそうよ。でも、あまり根を詰めて倒れられてもあれだし、そもそも根気強いお方じゃないしねえ」

水をぶちまけられた時のことを思い出すと、確かにお鶴がこつこつと草履作りに勤(いそ)しむ姿は、おせいにも想像できない。それをわざわざお鶴に訊く気にもならず、おせい自身もいつしか忘れ、ひと月が経(た)った頃——。

おせいは真実を知った。

ある日、お鶴が、あとは鼻緒(はなお)をすげれば完成という草履を手にしていたのである。

「それ、お嬢さんがお作りになったのですか」

思わず尋ねると、「そうよ」とお鶴はつんと顔を背(そむ)けて答えた。だが、どことなく得意そうにも見える。

「坊ちゃんが草履作りの修業をしているとは聞きましたが、お嬢さんもなさっていたんですね」

「当たり前でしょ。あたしだって木屋の娘よ」

お鶴から睨(にら)みつけられ、おせいはいけないことを言ったかと反省した。体が弱く、自分の思ったように行動できないお鶴にとって、それを理由に特別扱いされることは不快なのかもしれない。

「そ、それにしても器用(きよう)でいらっしゃるのですね。さすがは木屋のお嬢さまです」

丁寧に編まれた草履を見て褒めると、ふふっと笑ってお鶴は機嫌を直した。

「根を詰めると熱が出ちゃうから、なかなか進まなかったけど、やっと完成よ。これでもう、市助の邪魔はしなくてもいいわね」

「えっ……」

まじまじとお鶴の顔を見つめ返すと、

「だって、あたしより市助が先に草履を完成させるなんて、我慢ならないでしょ。あたしが姉なんだから」

お鶴は平然と言った。意地の悪さは噂通りだったようだ。そんなおせいの失望など意にも介さず、お鶴は紅色の布地で鼻緒をすげ、ついに草履を完成させた。

「お父っつぁんとおっ母さんに見せなくっちゃ」

意外に素直なところがあると思えるほど、お鶴は大はしゃぎした。市兵衛は忙しいさなか、お鶴の部屋までやって来て「よくやった」と娘を褒めた。お絹と市助もやって来て、おめでとうとその頑張りを寿いだ。

「あたし、これを履いて外へ出かけたいわ」

お鶴は草履を手に、浮き浮きと言い出した。そのひ弱さが祟って、お鶴は外へ出かけることなどめったにない。前に一家そろって出かけた花見で熱を出したこともあり、市兵衛は難色を示した。しかし、お鶴が「せめて日本橋だけでも自分の足で渡りたい」と言い張り、「白木屋の井戸までなら」と許されたのである。

おせいと市助、それに店の手代(てだい)が一人付き添うことになった。お鶴は赤い鼻緒の草履に何度も目をやりながら、弾(はず)んだ足取りで歩き始めたが、調子がよかったのは日本橋の袂(たもと)の辺(あた)りまで。昂奮(こうふん)しすぎたのか、慣れない人ごみに酔(よ)ったのか、橋を目の前にしたお鶴の顔色は蒼白(あおじろ)くなっていた。おせいは引き返そうかと申し出てみたが、お鶴はそれでも絶対に行くと言う。

何とか日本橋を歩き始めたが、渡り切るのは無理だった。途中で、ふらっと倒れかけたお鶴を手代が抱え上げ、一行は引き返したのである。

お鶴は寝込んでしまったが、二日が経って熱が下がると、おせいは草履を持ってくるように命じられた。お鶴の草履は、おせいが丁寧に汚れを取ってしまってある。

「お健(すこ)やかになられたら、またお出かけになれますよ」

そう言って、おせいが差し出した草履をお鶴は無造作(むぞうさ)につかみ取った。それから、

「こんなもの！」

と叫ぶなり、畳(たたみ)に叩きつけた。勢い余って、草履はぽんと跳(は)ね上がり、片方ずつ別の方向へ跳(と)んでいく。

「お嬢さん、何をなさるんですか！」

おせいは慌てて草履を拾い上げた。

「もう要らないから捨ててちょうだい」

お鶴はおせいから顔を背けて言った。

「どうしてですか。これはお嬢さんが精魂込めて、お作りになったものでしょうに」

「お父っつぁんから、もう外に出てはだめだと言われたの。そんなもの、もう要らないのよ」

「でも、お健やかになられたら……」

「なれるわけないでしょ。あたしは生まれた時からずっとこうなんだから！」

病み上がりに昂奮させてはいけない――と思った時にはもう遅かった。

「お嬢さんっ！」

お鶴は頭を押さえながら、ふらっと上半身を崩し、おせいは慌ててお鶴の体を抱きかかえる。

お鶴はそれから数日、再び寝込んだ。

三

その後も、おせいはお鶴に仕え続けた。こんなに長く辛抱できた女中はいないと、皆から感心されたが、おせいの気持ちはお鶴に草履を投げつけられた時から沈み切っている。あの時のつらそうな、口惜しそうなお鶴の顔が頭から離れないのだ。

お鶴がとても丁寧に、そして熱心に草履作りに取り組んでいたことは、出来上がった草履を手にすれば分かった。初めて作った草履を履いて、外へ出かけることを、どれほど楽しみにしていたのかも。その草履を捨てることはどうしてもできず、紙に包んでお鶴の部屋の押し入れにしまっておいた。

その後、お鶴は草履作りをすることもなく、外へ出るのはせいぜい庭先まで、という暮らしを送り、やがて二年が過ぎた。

そんなお鶴が突然いなくなったのは、その年の春の終わり頃のこと――。

「お嬢さんのお姿が見当たりませんっ！」

庭に出る時に使う草履はあった。だから、家の中にいるのだと思い、皆で捜し回ったが、どこにも見当たらない。おせいが隠しておいた手作りの草履を思い出したのは、その時だった。

ふだんお鶴は自分で押し入れを開けたりしない。だから、見つけることもあるまいと甘く考えていたが、もしあれを見てしまったならば——。

お鶴は何を思っただろう。かつて喜び勇(いさ)んで外へ出かけようとし、それが叶(かな)わなかったお鶴は——。

もともと大きめに作ってあった草履は、鼻緒さえ調節すれば、今のお鶴でも履けるだろう。急いで押し入れを確かめると、嫌な予感は当たっていた。包み紙の中の草履が消えている。

（お嬢さんが向かったのは、白木名水）

草履を見つけてふと思い立ったのなら、その見込みはかなり高いだろう。おせいはすぐに市兵衛たちにそのことを告げ、自ら木屋を飛び出した。

日本橋は相変わらずにぎわっている。おせいは何度か人にぶつかり、謝ってはさらに突き進み、無我夢中(むがむちゅう)で白木屋の裏庭へたどり着いた。

「お嬢さんっ！」

お鶴は木陰で横になっていた。傍(かたわ)らに、二十歳(はたち)を少し超えたくらいの男が付き添っている。お鶴の額(ひたい)に手ぬぐいが置かれているところからして、男が介抱(かいほう)してくれていたのだろう。

「そこの井戸端で、苦しそうに屈んでおられたのです。お身内の方ですか」

こんな時だというのに、男はとても落ち着いているように見えた。

「奉公先の……お嬢さんです」

おせいが息を切らしながら答える。その時ようやく、自分の後ろから店の手代が二人ほど、一緒に来てくれていたことに気づいた。

「熱がおありですね。脈も乱れています」

男の物言いに、おせいは目を瞠った。

「お医者さまなのですか」

「医者ではありませんが、本草学を学んでいます」

男は森野と名乗り、おせいは木屋の者であることを告げた。改めて主から礼をしたいと言ってみたが、木屋への同行は断られた。お鶴を運ぶのは手代で事足りていたから、それ以上は頼めない。また、住まいや仕事場などを尋ねても、「大したことはしておりませんので、礼などはけっこうです」と断られた。

森野とはその場で別れたが、木屋へ戻ってお鶴が落ち着いてから、森野のことを伝えると、

「本草学を学んでいる方ならば、ぜひともお話ししてみたい」

と、市兵衛は言い出した。

くわしいことを訊かれたが、森野という名の他には、生真面目で愛想のない二十歳過ぎの本草学を学んでいる者、ということくらいしか話せない。

ただ、それだけでも、豪商木屋の人脈を使えば森野の素性をつかむのに十分だったようだ。ひと月ほどの時は要したものの、市兵衛は森野を見つけ出すと、首尾よく木屋の家へ招いたのであった。

しかも、その時には、森野にお鶴を診てほしいという願いも聞き容れさせていた。おそらく森野が断れないような立場の者が、間に入っていたのだろう。

そうして森野が木屋へ現れたその日、おせいはお鶴の後ろに控えていた。

「この度は、娘を助けていただき、またご足労くださり、まことにありがたく存じます」

市兵衛の挨拶に続き、

「森野仁助と申します」

と、先日と同じく落ち着いた調子で、森野は名乗った。

仁助は、公儀の御用を務める本草学者、森野藤助の親族で、弟子でもあるという。藤助は採薬使、植村政勝の下で各地の薬草集めに従事しており、仁助はその助役ということであった。

採薬使とは、八代将軍吉宗によって設けられた役職で、各地の薬種調査や薬草栽培の指導などを行うものである。現状では、漢方で使われる薬草の貴重なものを異国産に頼っており、金銀が異国へ流れていた。そのため、人参などの値の張る薬草を国産にできないものかと、研究が進められているらしい。

　また、すでに国内で採れる薬草については、より質の高いものの採集、栽培を目指しており、当帰もその一つであった。

「娘の薬として処方されたものに、当帰芍薬散がございました」

　市兵衛が述べると、仁助は熱心な口ぶりで当帰について語り出した。

「国内で最も質のよい当帰は、大和に自生しているものです」

　何でも、森野藤助と仁助は大和の出身だそうで、特に当帰にはくわしいらしい。

「ところが、野生の当帰の種を使っても、栽培したものは質が落ちてしまうのです。良質な当帰の栽培に成功することを我々は目指しております」

　仁助の口ぶりと態度からは、真摯に研究に取り組んでいることが伝わってきた。だが、そんな仁助を見るお鶴の目は冷めているように見える。

　一方、お鶴の治療のためならば、よさそうなものにはすべて手を出す、というのが市兵衛の方針であった。これまでも、次々に新しい医者がお鶴の前に連れてこられ、新たな治療を試みては薬を施してきた。

　しかし、目に見えてお鶴の体を治したと言える者はいなかった。

「これから、この森野先生がお前をお世話してくださることになった」

と、市兵衛はお鶴に告げた。ただし、採薬使が御用で派遣(はけん)されることになれば、仁助も江戸を発(た)つので、それまでの期限付きということである。

「今、診てくださっている三枝(さえぐさ)先生はどうなるんですか」

お鶴が市兵衛に尋ねた。三枝とは、評判を聞いて市兵衛が半年ほど前に招いた医者であった。

仁助は医者ではないので、三枝にはそのまま通ってきてもらうが、扱う薬については仁助と相談の上で決めていくのだと市兵衛は答えた。

「森野先生は薬草の研究をなさっているのだから、その効き目を上げるための方策を教えてくださるだろう」

市兵衛の期待ばかりが大きいのは、いつものことである。

お鶴はそんな父親と新たに自分の世話をすることになった若い男を、興味のなさそうな目で見つめていた。

それから、仁助は仕事の合間を縫(ぬ)って、木屋へ出入りするようになった。お鶴を診ている医者の三枝とも、市兵衛の手はずで話をし、仁助がより質の高い大和当帰を供して、当帰芍薬散を作る話がまとまったそうだ。その話を市兵衛から聞かされた時も、お鶴はどこか他人事のようであった。

間もなく、仁助はお鶴に話があると言い、おせいと料理人の以蔵も同席を求められた。

「お嬢さんには、これからお話しする養生の心得を守っていただくことになります」

仁助はお鶴に目を据えて、そう切り出した。

押しつけがましい物言いではなかったが、お鶴の機嫌を取ろうという様子も見られない。この家の奉公人はもちろん、来客たちも大店の娘であるお鶴にはへりくだった態度で接する。医者も例外ではなかったから、仁助の態度はお鶴の目には新鮮に映ったはずだ。

「森野先生はお医者さまではないんですよね」

お鶴はあからさまに反撥した。尖った物言いを向けられても、仁助は平然としている。

「その通りです。これからもお嬢さんの容態は、三枝先生が診られますし、処方される薬が変わるわけではありません」

「それで、森野先生はあたしの暮らしぶりに口出ししてこられるというわけですか。お父っつぁんにお金をたくさん積まれて、畑違いの仕事をお引き受けになったんですね」

　こんな嫌みを聞いて、仁助が不快にならないわけがない。お鶴が失礼なことを言った時はお前が取りなすように――と命じられていたおせいは「お嬢さん」と小声でたしなめた。

「森野先生に失礼ですよ」

　しかし、おせいの言葉はまるでなかったこととして扱われた。

「あたし、森野先生を責めているわけじゃありません。お医者さまは皆お金を積まれて、治りもしないあたしを診てくれるんですもの。だから森野先生もふりだけしてください。あたしも適当に話を合わせますから」

　お鶴は世間知らずで子供っぽいところもあるが、反面、その年齢とも思えぬ物の見方や皮肉っぽい考え方をする時がある。体が弱く大人に囲まれ、その観察をするより他にすることがなかったためか、大人たちの隠された本音を見抜くこともあった。次々と現れる医者たちが、お鶴の虚弱さを治すのは難しいと考えていることもたぶん察しているのだろう。

「お嬢さんが私を信じようと信じまいと、私は気になりません。ただし、お引き受けした以上、お嬢さんを丈夫にするべく力を尽くします。お嬢さんには私に従っていただきましょう。お父上からはそのように言われておりますので」

仁助は冷淡なようにも聞こえる物言いで、お鶴の口を封じると、話を先に進めた。

「養生に求められる柱は三つ。食の力、それで作られる体の力、そして食と体に支えられる気の力です」

仁助の眼差しはお鶴ばかりでなく、その後ろに座るおせいと以蔵にも注がれた。食と聞いて、それまで居心地悪そうにしていた以蔵の表情がたちまち引き締まったのが分かる。

おせいも、これから自分の果たす役目が告げられるのだと、気を引き締めたが、心の隅ではお鶴を黙らせた仁助に驚愕していた。

（もしかしたら、森野先生がお嬢さんのお心を変えてくださるかもしれない）

病弱なせいでひねくれてしまい、年下の弟をいじめて平然としているねじ曲がった心を――。

「まずは、以蔵さん。周囲の人を信じようとしない凍りついた心を——。

「まずは、以蔵さん。あなたは葛を扱うことがありますか」

仁助は目を以蔵だけに据えて話を進めた。

「へえ。そりゃあ、葛叩きに葛煮、葛仕立て、料理にはよく使いますが」

「それはよかった。ならば、これからお嬢さんのお膳には必ず一品以上、葛を使った料理を付けてください」

「え、ですが……」

困惑気味の以蔵の声に、「あたし、葛は好きじゃありません」というお鶴のつっけんどんな物言いがかぶさった。

「葛の根は血のめぐりをよくし、体を温める効果があります。葛根湯などの漢方薬に用いられ、滋養もある上、保存が利くから季節を問わず料理に用いることができるでしょう」

仁助はお鶴の言葉など聞かなかったかのように、以蔵に向かって言い、「へ、へえ」と以蔵は尻をもぞもぞさせながらも承知した。市兵衛から仁助の言葉にはすべて従うようにと言われているのだ。

「次に、おせいさん」

今度はおせいに仁助の目が向けられた。

「は、はい」

おせいは居住まいを正した。

「お嬢さん付きのあなたには、体の力を付ける手助けをしてもらいます。これから、寝込んでいたり天気が悪かったりするのでない限り、お嬢さんには毎日、外歩きをしてもらうので、あなたはそれに付き添ってください」

「え、でも、外歩きは旦那さんから禁じられていて……」

「ご主人には許しを得ています。私も付き添える時は付き添いますし、私がいない時には別の付き添いを付ければよいでしょう」

それは万一、お鶴が倒れた時に負ぶって連れ帰る者ということだ。

「もちろん遠出はできません。ひとまずは毎日、白木名水まで行って帰ることにしましょう。慣れてくれば、苦ではなくなるはずです」

こうしてお鶴は毎日の白木名水への散歩を命じられた。これには、お鶴も反対の声は上げなかった。思いがけず外出が許され、心の中では喜んでいたのではないか。表の顔はむすっとしたままであったが……。

「出かける前には、お嬢さんにその日の体の具合を細かく尋ねるようにしてください。これは、お嬢さんがご自分の体の声を聞けるようになるための訓練でもあります。それができるようになれば、倒れる前に自分で休息を取れるようになるはずですから」

その後、お鶴に問いかける中身が列挙された紙を渡された。熱や咳の有無、その日の食事や水の量、また天気や湿気の感じ方などを、その都度、お鶴に尋ねて答えさせねばならないそうだ。

「分かり切っていることでも、おせいさんが答えを出してはいけません。必ずお嬢さんに答えてもらうようにしてください」

お鶴が自らやる気になってくれればよいのだが、そうは見えないので、おせいがその見張り役ということらしい。

「ひとまずは、これをしばらく続けていきましょう」

仁助の話は、それで終わった。だが、おかしい。養生の柱は三本ではなかったか。食の話と体の話は聞いたが、気の話は聞いていない。おせいがそのことを尋ねると、仁助はちらとお鶴を見やった。

「それは、まだ早いようですから」

仁助の返事に、お鶴はそっぽを向いたまま、目を合わせようともしない。

続けて仁助は、出された葛の料理は残さず食べること、体調がよければ明日(あす)からでも外出を始めるようにと言い置き、立ち上がった。それを機に以蔵も席を立ち、おせいは仁助を見送りに出た。

「お嬢さんは葛を召し上がらないわけじゃないんです。お熱を出された時は、葛湯しか飲めないこともありますし……」

お鶴の部屋を少し離れてから、おせいは仁助に告げた。

「ただ、そのせいで葛は病気の時に食べるもの、という気持ちが強いようで」

「……ふむ。そういうことですか」

仁助は足を止めると、振り返って以蔵を見据(みす)えた。

「こちらでお使いになっている葛は、吉野葛ですか」

「へ、へえ。一応、吉野葛と言われるものを仕入れてはいますが、産地が吉野でなくても、吉野葛と言って売る仲買人は多いですから」

本物の吉野葛、それも最上の品を手に入れるのは簡単ではないと、以蔵は訴えた。

「なるほど」

何やら考え込むようにしていた仁助は、それ以上は何も言わず、その日は帰っていった。

四

「おせい。おせいったら、何をぼうっとしているの？」

お鶴が声をかけても気づかないほど、おせいがぼうっとしているなどめずらしい。何度目かの呼びかけで、おせいはやっと我に返った。

「あ、お嬢さん。申し訳ありません」

「考えごとでもしていたの？」

おせいは「違います」と首を横に振ると、「あ、手ぬぐいを冷やしてまいりますね」とすぐに気を利かせた。

「いえ、もう大丈夫よ。ここは風も気持ちいいし、手ぬぐいはもういいわ」

お鶴はうなじに当てていた手ぬぐいを取り、おせいに返した。

「考えごとでなければ、何か思い出していた？」

さらに尋ねると、おせいは仕方なさそうに笑った。

「たぶん、お嬢さんと同じお方のことを――」

お鶴はふふっと声を上げて笑った。

「そうだと思ったわ」

この白木名水の井戸へ来れば、森野仁助を思い出すのは無理もない。お鶴の体の力を付けるため、ここまでよく三人で一緒に足を運んだのだから。

外へ出かけること自体は、お鶴にとって楽しかった。これまで許されなかったことができるようになり、そのことでは仁助に感謝もしていた。だが、初めの頃のお鶴はまったく仁助を信頼していなかったのだ。それが大きく変わったのは、寝込んでいたお鶴に、仁助がそれまでとは違う葛湯を持ってきた時であった――。

仁助が木屋へ出入りするようになって間もなく夏を迎えた。お鶴が体調を崩すことの多い季節だ。

その日もお鶴は熱を出し、医者の三枝の診察を受け、薬を飲んで横になっていた。目を覚(さ)ますと、いつものようにおせいがいて、

「お嬢さん、お加減(かげん)はいかがですか」

と、心配そうに声をかけてきた。

「お熱はだいぶ治まったようですね」

額に手を当てたおせいはほっと安心したように言うと、「葛湯を召し上がることはできますか」と訊いてきた。葛湯以外のものを受け付けられそうになかったから、お鶴はうなずいた。

お鶴にとって葛湯は薬と同じ、否(いや)も応(おう)もない、好きも嫌いもない、病気の時に口に入れるものであった。

「森野先生がいらしていて、葛湯を用意してくださるそうですよ」

と、おせいが言った。仁助はそのために台所で支度(したく)をしているのだという。「お知らせしてきます」と席を立ったおせいはすぐに戻ってきたが、それからしばらくして、仁助が盆を手に現れた。

正直なところ驚いた。葛湯を作ってくれた医者はこれまでにいない。

いや、仁助は医者ではなかったが、散歩に付き添ってくれることといい、食事にまで口出ししてくることといい、お鶴の知る大人とはだいぶ違っていた。そういう

関わり方をしてくることに戸惑い、時に鬱陶しく思うことは確かにあった。

だが、この時は体が弱っていたせいもあってか、お鶴は葛湯を作ってくれる親切を素直に受け容れられた。

驚いたのは、葛湯の味だ。おせいが匙ですくい、冷ましてくれた葛湯を口に含んだ瞬間、それまでと違うことに気づいた。

つるっとした舌触りが気持ちよく、抑制されたほのかな甘みがとても優しい。ほんの少しだけぴりっとした刺激があり、それが甘みを引き立てている。これまでの葛湯は砂糖がたっぷり入ったかなり甘いものだったので、まるで別物であった。

「おい……しい……」

自分でも思いがけない声が漏れた。

「先生が……作って……？」

仁助を見ると、いつもの無愛想な顔でおもむろにうなずいている。

「手もとにあった最上の吉野葛を使いました。甘味も砂糖ではなく、甘蔓を用いています。砂糖の摂りすぎは体によくないですし、生姜を少し加えてありますので」

仁助は大和の出身であり、葛の産地である吉野は地元だ。その故郷から取り寄せた最上の吉野葛を、今回の葛湯に使ってくれたそうだ。質がよくなれば味わいは無論のこと、滋味も増す。さらに、甘蔓、生姜など、この葛湯には体によい薬草が使われているということであった。

「どうして、先生はここまでしてくださるのですか」

椀が空になった時、お鶴は思わず尋ねていた。

「ここまで、とはどういうことでしょう」

「こうして葛湯を作ってくださることです。ここまでしてくださったお医者さまはおりません」

「お嬢さんは何か特別なことをしてもらったとお考えのようですが、それは勘違いというものです。私の振る舞いは、ただお嬢さんに健やかになってほしいからのもので、同じ思いからお嬢さんのために力を尽くす人は、これまでもいたでしょう」

ご両親におせいさんに以蔵さん、三枝先生――。そう数え上げられて初めて、お鶴は悟った。自分はこれまで、その人たちがしてくれたことに、一筋の感謝も抱いてこなかったことに。

思わずおせいを見た。空の椀を片付けているおせいは、お鶴と目を合わせようとしない。

おせいの優しさを理解していなかったわけでも、当たり前のものと思っていたわけでもない。親が虚弱な自分を弟より大事にしてくれているのも分かる。ただ、それをありがたいとか、すまないなどと思ってしまうと、彼らの期待に応えて丈夫になれない自分のことが嫌でたまらなくなる。自分の無力さ、不甲斐なさを認めることが耐えられず、周りの人々の親切そのものから目を背けてきたのだ。

仁助に目を戻すと、まっすぐな眼差しとぶつかった。目を合わせているだけで落ち着かず、息苦しいような気持ちになり、お鶴は目をそらした。

「もうお休みになった方がよいでしょう」

仁助から言われ、お鶴はおせいに介添えされて、再び横になった。

「養生における三本の柱のうちの一つ、気の力について以前に申し上げましたが、覚えていますか」

仁助に訊かれ、お鶴は黙ってうなずいた。

「よい食を摂り、体の力を付けてもなお、自ら健やかになろうという気力がなければ丈夫になどなれません。お嬢さんは周りの人に甘やかされ、自分のことにもかかわらず他人任せだったのでしょう。それは、ご自分の体をぞんざいに扱うのと同じことです」

仁助の物言いは容赦なく、傍らでおせいがはらはらしているのが分かる。

「あたしは……丈夫になれるでしょうか」

気づいた時にはそう尋ねていた。仁助の口から小さな溜息が漏れる。

「他人のことではありませんよ、お嬢さん」

たしなめるように言われた。

「ご自分の体の声をお聞きなさい。おせいさんに任せきりにせず、ご自分で聞くよう努めるのです。丈夫になりたいと、お嬢さんの体は言っていませんか」

(丈夫に……なりたい)

仁助から向けられるまっすぐな眼差しから目をそらさず、この時、お鶴は心の底からそう願った。

どうして自分だけが丈夫でないのか、と運命を恨(うら)むのではなく、この体を脱ぎ捨てて別の体に生まれ変わりたいと思うのでもなく、今ここで、この体で丈夫になりたいと――。

「これからは、先生のお言葉を守って養生に努めます」

お鶴はこの日、仁助とおせいと自分自身に、誓(ちか)ったのであった。

五

仁助への敬意を抱いた日から、お鶴の暮らしは一変した。いや、自分を取り巻くすべてが変わったと言ってもいい。それからは、仁助に言われた通り、お鶴は養生に努めた。それですぐに体が丈夫になるわけもなく、少し前であれば音を上げていただろうが、仁助が見ていると思うと投げ出すことはできなかった。

ところが、秋になった頃、考えまいとしていたことが現実になった。

仁助が来春の採薬使派遣に伴い、江戸を発つことが決まったのだ。採薬使の一行は一か所に長く留まることはないのだが、その地で研究を続けたり、栽培法を指導したりする場合、仁助がその場に残されることもあるという。江戸へ戻るのがいつと約束することは難しいと言われた。

自分でも情けなくなるほど沈み込んだお鶴を慰め、励ましてくれたのは、おせいと以蔵だった。

「ご出立の前に、森野先生をお招きして、以蔵さんのお料理でおもてなししたらいかがでしょう」

仁助の送別の宴は、市兵衛が料亭で行う支度を進めていたが、その席にお鶴は加われない。だから、それとは別に、お鶴の部屋でささやかなお別れをしようというのだ。

「あっしもぜひ、先生のために腕を振るわせていただきたいと思ってます」

以蔵も熱心に言ってくれた。この時初めて聞かされたことだが、仁助は葛を使った料理について以蔵と共に考えてくれたという。あの仁助手製の美味しい葛湯も、仁助が以蔵に作り方を教えてくれたのだそうだ。それまでは女中が作っていた葛湯を、あれ以降、作ってくれていたのは以蔵であった。

おせいと以蔵はお鶴の養生計画の助役であり、仁助の偉大さを理解しているいわば同志のようなものだ。そんな二人の心遣いが身に沁みてありがたかった。

「以蔵さん、本当にありがとう」

「そんな、お嬢さん。もったいねえ」

お鶴から礼など言われたことのない以蔵は目を瞠ったが、すぐに照れくさそうに笑ってみせた。

「森野先生は料亭のお料理より、以蔵さんのおもてなしを喜んでくださるわ」

仁助はそういう人だ。お鶴はその日のお料理には、必ず葛を使ってほしいと頼んだ。

「もちろんでさあ」

以蔵は勢いよくうなずいてくれた。

来年になったら仁助も暇がなくなるだろうと、その年の十二月の初めに、お鶴は仁助を昼餉（ひるげ）の席に招いた。お鶴の部屋に膳を運んでくれたのは、以蔵とおせいである。

「先生と一緒にお食事をしたいとずっと思っていましたのに、それがお別れの席になるなんて」

　どうしてもっと早く、こうした機会を作らなかったのだろうと残念でならない。

「一度でも、以蔵さんのお料理をきちんと味わうことができて、私は嬉しく思っています」

　仁助はお鶴と以蔵に礼を述べ、目の前の膳をじっと見つめた。穴子と玉子の散らし寿司に、ふろふき大根の味噌仕立て、蓮根の揚げ物、そして吸い物は甘鯛の葛叩きだ。透き通ったすまし汁に、半透明の葛が沈んでいる。

「いただきます」

　仁助が吸い物の椀を手にしたのを見て、お鶴も椀を取った。湯気の立つすまし汁にそっと口をつける。さっぱりとしているのに奥深い出汁の味が舌に沁みていく。そして葛のつるりとした舌触りの後にくる、滋味豊かな鯛の甘みとこく。

　以蔵にはこれまで何度も葛叩きを作ってもらったが、それまで食べた中で最も美味しい一品である。これならば仁助にも喜んでもらえるはずだと思っていると、

「ああ、葛の味わいが懐かしい」

　沁みとおるような仁助の声がした。

「これは吉野葛の……それもよいものを使っていますね」

仁助が以蔵に目を向けて問う。

「実は……先生からお分けいただいた最上の吉野葛は、お嬢さんが寝込まれた時の葛湯に使うと決めてるんですが、今日のお料理だけはそれを使わせていただきました」

「あたしが以蔵さんにそうしてほしいって頼んだんです」

お鶴は慌てて口を挟んだ。仁助はお鶴に目を向けると、「叱るつもりなどありませんよ」といつになく穏やかな眼差しで言う。

「お嬢さんと以蔵さんのお心遣いが、この葛叩きには沁み込んでいる。ありがたく思いこそすれ咎めることなどできるはずがありません」

仁助はさらに葛叩きを口に運び、じっと目を閉じている。その口もとがいつになく柔らかくほころんでいるのを見て、お鶴は胸がいっぱいになった。

（ああ、先生がこんなふうに微笑んでくださるなんて）

厳しく無愛想な表情しか目にしてこなかったから、いっそう嬉しかった。以蔵とおせいもそのことに気づき、ほんの少し目を瞠っている。

「実は、蓮根の揚げ物にも葛を使ってまして」

そんな以蔵の説明に、「新しい使い方を考えてくださったのですね」と仁助が感心したりしながら、食事は和やかに進んだ。もともと食の細いお鶴は量を少なめにしてもらっていたが、この日は以蔵が気合を入れて作ったものばかりで、散らし寿司もふろふき大根もすべて美味しく食べられた。

その後、食事が終わって茶が供されると、お鶴はおせいに目配せした。おせいがすぐに棚から風呂敷包みを取り出してくれる。

「森野先生」

お鶴は居住まいを正して、仁助に呼びかけると、風呂敷包みを差し出した。

「どうかお収めください」

この日に渡そうと用意しておいた餞別の品だ。

仁助の態度はいつもとあまり変わらなかったが、その表情が一変したのは中身を見た時であった。

「これは……まさか、お嬢さんが作ったのですか」

さすがに売り物を持ってきたのではないと分かったようだ。

お鶴が仁助に贈ったのは、手作りの草履であった。何を贈ろうかと悩んでいる時、おせいから勧められ、作業をする間は無理をしないよう気配りもしてくれた。おせいがいてくれなければ、完成させられたかどうか分からない。

「何よりの贈り物です。ありがとう」

驚きと喜びの入り混じった仁助の顔を見ると、これまでの苦労のすべてが報われる気がした。そう思ったら、目が潤んできた。こんな時に泣くなんておかしい。大体、自分はそんな娘ではなかったはずだ。悔しかったりやりきれなくて泣きわめくことはあっても、ひっそりと静かに泣いたことなど一度もない。まして、今は何が原因で涙が出てくるのか分からない……。

「あ、あたし……。どうして……」

混乱しておたおたしていたら、おせいがそっと手ぬぐいを差し出してくれた。それで急いで涙を拭く。

「あたし、よく考えてみたら、誰かからお礼を言われるようなことをしたことがなくて」

仁助から訊かれたわけでもないのに、お鶴の口は勝手に語り出した。

「だ、だから、それで舞い上がっちゃったのかもしれません。あたし、自分では何一つできなくて。だから、人に何かしてあげようなんて気持ちになったこともなかったんです」

「では、この草履はお嬢さんが他人のために成し遂げた最初のもの。なおさら大事にしなければなりますまい」

「先生はあたしに多くのことをしてくれましたし、そ、そのお礼ですから――」

「その気持ちが嬉しいのですよ」

仁助の眼差しがいつになく柔らかく注がれる。

「先生、あたし、これまで何もできない自分が腹立たしくて。そのくせ、人があたしにしてくれることに、ついこの間まで感謝もしていなかったし、丈夫で健やかな人がうらやましくてならなかったんです。その、弟や女中に八つ当たりすることもあったし……。おせいにだって……」

そんなことを口にするつもりもなかったのに、口は動き続けた。「……お嬢さん」とおせいが気遣わしげに声をかけてくれる。昔のことは気にしないでいいと、優しいおせいが言おうとしてくれているのは分かる。

だが、そうやって自分に注がれるものに、何も返せないのはつらかった。皆が自分に望んでいること――それはお鶴が健やかになることだ。だが、それが難しいと分かってしまった時から、お鶴の行く手は暗く閉ざされてしまった。

今は少なくとも真っ暗ではない。仁助が一筋の光を見せてくれたから。おせいや以蔵がそれを助けてくれているから。

実際、少しずつでも丈夫になってきているのではないかという自覚もあった。以前より食事もしっかり摂れるようになったし、白木名水までの散歩も無理をせずにできるようになった。

だが、一条の光に魅せられてしまった今、暗闇にうずくまっている時より恐怖を覚えることがある。

皆の期待に応えられず、皆を振り回すだけ振り回した挙句、早死にしてしまったら——? たぶん自分は長くは生きられないだろう——はっきりと告げられることはなくとも、何となく予感はしている。

「神さまは……どうしてあたしを、こんなに役立たずにおつくりになったんでしょう」

言うつもりもなかった言葉——そもそも、そんなふうに考えたことさえなかった言葉が口から漏れた。涙も勝手にあふれ出し、おせいから渡された手ぬぐいで、顔を覆う。

「お嬢さん」

ややあってから、仁助の静かな声が聞こえてきた。

「お嬢さんの周りに、お嬢さんを役立たずと思う人はいないでしょうが、仮にいたとしてもお嬢さんとは何の関わりもありません。お嬢さんは自分が役立たずかどうかを悩むのではなく、周りの方々から与えられたものを役立てて、自分がどう生きたいのかを考えるべきでしょう」

「どう生きたいか……?」

初めて聞いたかのように新鮮な言葉だった。これまでただの一度も考えたことがなかった。これからどう生きていくのか、などということは——。

「お嬢さんが作ってくださったこの草履ですが、私は感謝こそすれ、体の弱いお嬢さんに無理をさせてすまなかったとは思いませんよ」

もし私がそう思ったら、お嬢さんはどんな気持ちになりますか——そう言われたような気がして、お鶴ははっとなった。もちろん仁助にそんな気持ちを抱かせたのなら、ただ悲しいだけだ。

それは翻って、親やおせいや以蔵が与えてくれる慈しみや優しさを、どう受け止めるべきなのかという答えでもあった。

「森野先生……」

また涙が止まらなくなる。もっと一緒にいたい。もっと多くのことを教えてほしい。仁助のような人は二人といないだろうに……。

「私の故郷では、葛で草履を編むのですよ」

仁助は不意に話を変えた。

「夏に使う草履は葛で編むと、涼しくて履きやすいのです。唐土では、葛で作る夏用の履物を『葛屨』と呼ぶのですが、貧しい人は冬も履いているのだとか」

「つまり、葛は食べてよし、履いてよしってことですね」

お鶴が泣きじゃくっていることを見かねたのか、それまで黙っていた以蔵が口を挟んだ。

「それだけじゃありません。薬にもなるんですよね、森野先生」

おせいもことさら明るい声で話を続ける。二人ともお鶴を泣きやませようとしているのかもしれないが、さらに泣けてきて困った。

「これを」

仁助の声に続いて、かさかさと紙の音がして、お鶴は慌てて手ぬぐいから顔を上げた。仁助が掌に載るくらいの大きさの紙包みを差し出している。お鶴は両手で包みを受け取った。思った以上に重さがある。

「新たに故郷から取り寄せた吉野葛です。以蔵さんが調理してくれるでしょう」

仁助が自分のために贈り物を用意してくれていた――そのことがようやく腑に落ち、大きな喜びとなって体中を駆けめぐっていく。

「私がいない間も葛を食し、歩いて体の力を養い、生きる気力を忘れぬように」

仁助はお鶴の目の前まで膝を進めると、その頭にそっと手を置いた。お鶴は泣きながら懸命にうなずいた。

ややあって仁助の手が離れていく。お鶴は慌てて仁助の手を取り、それを両手で握り締めた。

「先生が旅立たれる時、お見送りさせてください。日本橋から行かれるのでしょう？」

「それはそうですが、朝早くの出立ですよ」

「体を調（ととの）えて、必ずお見送りにまいります」

意気込（いきご）んで言うお鶴に、仁助は柔らかく微笑んだ。

「分かりました」

仁助の手はお鶴の手をすり抜け、離れていった。

それから、お鶴はそれまでにない熱心さで、体を気遣い、養生に努めて過ごした。にもかかわらず、出立日の前日から熱を出して寝込み、見送りには行けなかった。代わりにおせいが行ってくれたが、その日、お鶴は布団（ふとん）の中に潜（もぐ）り込んで泣きじゃくった。餞別を贈り合った日の涙は、仁助に感謝された喜びと別れの悲しさがないまぜになったものであったが、この日の涙はただ自分の不甲斐なさゆえの悔し涙であった。

六

あれから、二年余りの歳月が過ぎた今――。

お鶴は仁助と会っていない。二年前の春に江戸を発った後、仁助は一度戻ってきたそうだが、間を置かず次の旅に出ていってしまった。それでも、旅先から父に宛てて便りが送られてくることもあり、それによれば、もう間もなく江戸へ帰るという。

――森野先生が無事に帰ってこられますように。

お鶴はずっと、白木名水の脇に祀られた観音像に祈り続けてきた。

「そろそろ帰りましょうか」

おせいから声をかけられ、お鶴は「ええ」とうなずき、立ち上がった。

その時、こちらへ向かってくる人影に気づいた。陽光の加減で、相手の顔立ちはよく見えないが、上背のある羽織姿の男である。

目を凝らしてもはっきりとは見えない。だが、胸がどくんと鳴った。

どくん、どくん、どくん――。

胸の鼓動が速くなる。落ち着け、落ち着けと体に言い聞かせた。昂奮してのぼせてしまい、熱を出したことがこれまでにもある。何があろうと、まずは落ち着かなければ――。

そっと胸元を押さえた。

相手はもう、白木屋の裏庭に足を踏み入れている。

「森野先生――」

うまく声が出せていたかどうか自信がない。駆け寄っていきたいのに足も動かない。そうするうちにも、仁助はお鶴の目の前までやって来た。

相変わらず何事にも動じず、落ち着き払っている。だが、その口もとはほんの少し柔らかくほころんでいた。かつてごくまれに、お鶴が目にした仁助の表情である。

「お嬢さん、お久しぶりです。驚くほど大人になられて……。それに、お丈夫にもなられたようですね」

「先生はお変わりもなく、ご無事にお帰りになられて何よりです」

仁助の顔が、記憶にあるよりも少し近い場所にある。それだけお鶴の背が伸びたのだった。そのことと「大人になった」という仁助の言葉を重ねて、お鶴はじーんとくるような喜びを覚えた。大人になりたい――というより、仁助から大人に見られたいとはひそかに願い続けてきたことである。

「実は、江戸へは五日ほど前に戻っていたのです。先ほどお宅へご挨拶に行ったら、お嬢さんとおせいさんはこちらだと聞いて」

追いかけてきてくれたということらしい。仁助はおせいに目を向け、互いに挨拶を交わした。

「今度は長く江戸にいられるのですか。今日お暇がおありなら、もう一度木屋へお寄りいただけませんか」

お鶴は前のめりになって言った。仁助は少し困惑気味の表情を浮かべている。

「その、今日はお嬢さんにお話ししたいことがあるのです。お宅へご一緒してもよいのですが、幸い気候もよいですし、ここの木陰でお話しするのはいかがですか」

「……はい。私はかまいませんが」

勧められるまま、お鶴がもう一度、腰かけ用の石に座ると、「お嬢さん」とおせいが意を決した様子で耳もとに口を近づけてきた。

「あたし、一度お宅へ戻って、お嬢さんが先生のためにご用意したものをここへお持ちします」

仁助には聞こえないように、小声でささやきかけてくる。

「えっ、それは今でなくても」

「そうですけれど、今がいいと思うのです」

おせいがこんなに強引な物言いをすることはめったになく、お鶴は何となく承知させられていた。

「すぐに戻ります」

と、そこだけは仁助にも聞こえるように言って、おせいは去っていった。入れ替わるように、少し離れていた仁助がお鶴の前に立つ。

「実は、旅先でお父上から便りをいただきました」

仁助は立ったまま語り出した。

「そうでしたか。先生も父にお便りをくださいましたよね」

「はい。あれは、先にお父上から頂戴した便りへのお返事だったのです」

父が先に送ったのなら、何らかの形で仁助の滞在先を突き止めたのだろう。隠密の旅でないとはいえ、公儀の役人一行の旅程を知るのは決してたやすいことではなかったはずだ。それなりの金や縁故に頼ったのだろうが、そこまでして父が旅先の仁助に何を伝えねばならなかったのか、お鶴には見当もつかなかった。

「お父上は私が江戸へ帰る前に、私の意向を聞いておきたかったようです」

「何のお話ですか」

お鶴は目を瞠った。

「大事なことですから、包み隠さずに申します。お父上は私を婿にとお望みくださったのです。もちろん、跡取りがおられますから、木屋を継ぐ必要はない。商いにも関わらなくていい。本草学に関わる仕事を続けてもいいし、医者として世に立ちたいならその援助もする。金の心配は一切しなくていい、ただ娘を大切にしてくれさえすれば、というお話でした」

「そんなことを……」

お鶴にとっては寝耳に水の話で、何を言えばいいのか、まったく分からず、言葉が出てこない。

「これ以上はないと言えるほどのよいお話です。私は師匠の下で手伝いをしているだけの学者とも呼べぬ分際(ぶんざい)ですし、医者でもない。そんな私をそうまでして迎えてくださろうというお志(こころざし)には、ただただありがたい気持ちでいっぱいになりました。もちろん、お嬢さんがそれでよいというのであれば、の話ですが」

「私は……」

願ってもない話だと思う——とは言えなかった。この話がどこに帰着するのかは、少し冷静になってきた今、もう分かってしまった。もし仁助がその話を受け容れていたならば、父は真っ先に自分に教えてくれていただろう。

おせいはこうした事情をうっすらとでも察していたのではないかと、その時になってようやく気づいた。だから、例のものをすぐに取ってくるなどと言い出したのだ。

仁助とこうして会うのは、今日が最後になるかもしれないと思ったからこそ、おせいは——。

「私の意向はどうあれ、先生はもうそのお話をお断りになられたのですよね」

お鶴の言葉に、仁助は一度目をそらしてから「その通りです」と答えた。

「今日お話ししたかったのは、私の口からそれを伝えるべき、と思ったからです。以前、大和の当帰は野生のものの質がよく、栽培すると質が落ちる、とお話ししたことを覚えておられますか」

「はい。当帰は私も処方されていましたから」

「師匠は大和へ帰り、大和当帰の栽培に力を尽くすことになりました。私もまた師匠に従って大和へ帰り、そのお手伝いをしようと思うのです。それがお嬢さんのお体を丈夫にする手助けにもなると思えばこそ」

「ご立派なお仕事にお力を尽くされるのですね」

本心からお鶴は言った。仁助の眼差しがお鶴に戻ってくる。

嘆（なげ）きの色を見せてはいけない。悲しさも寂（さび）しさも胸に閉じ込めなければ――。

初めから、はるか遠くにいる人だった。少しでも近づきたくて、できるだけのことをした。少しは近づけたように思い、大人になったと言ってもらえた喜びもつかの間、仁助はさらに遠くへ行こうとしている。

だが、お鶴も含めた病を抱える者たちのため、薬草の新たな栽培法に挑む男を引き留めることなど、どうしてできるだろう。かといって、お鶴が大和へ行くことは体のひ弱さを考えれば難しい。いくら相手が本草学を学んで医術に携（たずさ）わっているとはいえ、親が認めてはくれないだろう。

お鶴とて、親元を離れて生きていく自信はない。

(いえ、そもそも私は、そんなに長く生きられはしない……)

生きることとはどういうことか、仁助に教えられて以来、胸の奥底に押しやられていた、投げやりで自信のない自分が首をもたげてくる。

「お嬢さんっ！」

おせいの呼びかけに、お鶴は我に返った。顔を上げると、おせいが風呂敷包みを抱えて駆けてくるところだった。

「少々お待ちください」

お鶴は仁助に断り、立ち上がると、おせいのもとへ向かった。

おせいは仁助と少し離れたところで話をしたいのか、庭へ入ったところで足を止め、息を整(ととの)えている。

「お嬢さん、これを」

おせいはお鶴に風呂敷包みを手渡した。中には、仁助が旅立ってからの二年余り、お鶴が用意してきた贈り物が入っている。

「お嬢さん、先生にお願いするなら今しかありません。これを渡して、江戸にいてほしいとおっしゃってください。先生はお嬢さんの言葉を待っていらっしゃるかもしれませんよ」

おせいは懸命に言った。

「いいえ、そのつもりはないの」

お鶴は風呂敷包みをぎゅっと握り締め、首を横に振る。

「どうしてですか。お嬢さんには先生が必要なのに……」

「でも、先生にはそうではないわ。先生には私なんて……」

「そうやって、ご自分が役に立つかどうか思い悩むお嬢さんに、道を示してくださったのはどなたですか。お嬢さんご自身はどう生きていきたいのか、それをお考えください」

「………」

「今日、先生がわざわざお嬢さんに直に話をなさったのはなぜでしょう。お嬢さんにご自分で答えを出してほしいからだと思いますよ」

お鶴は顔を上げて、おせいを見つめた。力強い眼差しがお鶴を励ますように注がれてくる。

「以蔵さんからの言伝です。森野先生のために最上の吉野葛で作った葛叩きを、今の季節の鱧でご用意してるって。どうか先生に召し上がっていただきたいって」

仁助が以蔵の料理を食べに木屋を訪れるかどうかは、この先の流れ次第だろう。

おせいはお鶴の両肩に手をかけると、くるりと体を回転させた。行って――というように、そっと背を押してくれる。

お鶴は押されるまま歩き出した。

「森野先生」

お鶴は仁助の前に立った。見上げると、やはり昔より近い位置に顔がある。その表情はどことなく気遣わしげに揺れているふうに見えた。そんな仁助の顔はこれまでに見たことがない。

「今、おせいが家から持ってきてくれました。先生がお帰りになったら、お渡ししようと思っていたものです」

お鶴は風呂敷の包みを開け、仁助の前に差し出した。

「これは……」

「先生が教えてくださった葛で編んだ草履です。これからの季節にお使いいただければと思いまして」

仁助は草履を手に取った。「ああ」とその口から感動の声が漏れる。

「涼しげな触り心地だ。さぞ使い勝手がよいことでしょう」

かたじけない――と、仁助は軽く頭を下げた。喜ばしげに口もとをほころばせた仁助を見ているうち、お鶴の口は勝手に動き出す。

「先生は以前、周りの人々から与えられたものを役立てて、自分がどう生きたいのかを考えなさいと、私におっしゃいました」

「その通りです」

　仁助はお鶴をじっと見つめてきた。

「草履を編む術と技は木屋から与えられました。私が先生をお慕いする気持ちに気づき、親は縁談を先生に持ちかけてくれました。以蔵さんは葛のお料理を作って私を支え、先生が教えてくださいました。この草履には、皆が私に与えてくれたものが詰まっていて……」

　そこまで一気に語ったものの、それ以上何を言えばよいのか分からなくなる。すると、まるで待っていたかのように、涙がこぼれ落ちてきた。

「私が何を申し上げたいかというと……」

　涙にむせびながら、ようやくそれだけ言う。仁助はただ静かに待っていてくれた。

「先生のおそばで生きていきたいと、私が願ってもよろしいですか」

　仁助が息を呑んだのが分かった。

　涙は勝手にあふれてくるが、そのまま仁助を見上げて、お鶴は訴える。

「どれだけご一緒できるか分からないとか、私の方が先に逝くのではないかとか、病弱でご迷惑ばかりをかけるのではないかとか、そういうことを考えずに、私が願っても……よいのでしょうか」

仁助は目をわずかに見開き、それからゆっくりと息を吐き出した。

「もちろんです」

嚙み締めるように言って、仁助はうなずく。

「そう生きよと、私がお嬢さんにお教えしたのですから」

仁助の唇の端がほんのわずか持ち上げられ、柔らかな笑みとなるのを、お鶴は夢かと思いながらじっと見つめていた。

「今すぐに何もかもを変えることはできません。だから、私はいったん大和へ帰ります。大和当帰の栽培を成功させることは、私の願いですから」

ゆっくりと告げる仁助に、お鶴はこくりとうなずき返した。

「ただし、大和当帰を大和以外の土地で栽培したいと、私が新たに願ってもよいでしょう」

「先生……」

「私の言葉を守って、生きていくお嬢さんをそばで見届けたい。それもまた私の願いなのだと、今はっきりと分かりました」

仁助が微笑んでいる。口もとをほんの少し和らげるだけでなく、優しい目をお鶴だけに向けて。

もっと見ていたい――そう思った時、そっと手ぬぐいが差し出された。白木名水の井戸の方から、さわやかな風が吹き抜けていく。風を追いかけるように顔を向けると、目を潤ませたおせいが懸命に微笑もうとしている姿が、お鶴の目に飛び込んできた。

鐘ヶ淵（かねがふち）——往還（ゆきかえり）

田牧大和

一

夏の名残のよく晴れた日、堀の交わる白魚橋の袂で、男姿の弥生が操る猪牙を一人の客が呼び止めた。三十そこそこの男で、一筋の乱れもない儒者髷、意志の強そうな濃い眉、口許に刻まれた皺、侍のような立ち姿、濃紫の小袖に藍の袴、上から下まで一分の隙もない。

気難しそうな客だな。

身構えた弥生へ、男がふいに笑いかけた。人好きのする笑顔が男の見てくれに不似合いで、弥生は軽く戸惑った。

「いつまでも、暑いね」

太い声は厳めしいのに、物言いは気さくで明るい。慌てて「もうしばらく、暑さが続きそうでございやすね」と、応じた。男の笑みに柔らかさが増す。

「鐘ヶ淵までの行き帰りを、頼めるかな」

「承知いたしやした」

猪牙に収まった客は背筋をしゃんと伸ばし、真っ直ぐに前を向いている。弥生が舳先を隅田川へ向け直してすぐ、男が前を向いたまま訊いてきた。

「しばらく暑さが続きそう、とは、どこで分かるのかな」

「水面を弾く日差しが、まだ眩しいもんで。これがもうちっと柔らかくなると、風が涼しくなってまいりやす」

ほう、と男は楽しげな声を上げた。

「さすがは、毎日水の上にいるお人だ。部屋に籠って理ばかり捏ねている連中よりも、余程信が置ける」

「旦那は、学者さんかお医者さんで」

普段弥生は、客の身の上や素性を訊ねない。訊いて欲しくないことを抱えている人たちの多さを、裏——「とんずら屋」の仕事を通じて知っているからだ。なのに、この客に向かってするりと問いが滑り出た。しまった、と思う間もなく、男が舟尾の弥生へ振り向いた。

「やはり、そう見えるか」

肩を落とし、しょんぼりと呟く。

「へ、へぇ」

「そうか。やはりなあ」

「あの、旦那」

「私は、絵師なんだ」

今日一番の、驚きだ。

「画描きの先生で、いらっしゃいやしたか」

取り繕った弥生に、男は困り顔で「そうは、見えないだろう」と応じた。

「そんなことは――」

「いや、いいんだ。これでは無理もない。ただでさえ厳めしい見てくれが、筆を執ると更に恐ろしさを纏うらしくてな。犬や猫を手本にしようとしても、私が視線を送るだけで逃げ出すか、唸る。美人画を描こうにも、相手の女性は決まって頰を引き攣らせ、すぐに断ってくる」

弥生は笑いを堪え損ね、「こいつは、御無礼を」と詫びた。男が、いい顔で笑い返してくる。

「お陰で、睨みつけてもびくともしない、景色の画しか描けるものがない」

堅苦しい言い回しで語られる話には洒落が利いていて、進右衛門あたりとは馬が合いそうだ。

そんな気がして、さしで口を承知で水を向けてみた。

「筆を執られる前ぇに、少しでもお笑いになるなり、お相手とお話しになるなり、されてみちゃあいかがでしょう。失礼ながら、随分とご様子がお変わりになりやす。そりゃ、犬猫は無理かもしれやせんが、女の方ならまんざらでもねぇと思いやすが」

　男が、はにかんだように笑った。

「早速、試してみよう。船頭さん、名はなんと仰る。私は葛城東雨という画号を使っている」

「へえ。仙台堀端の船宿『松波屋』の船頭で、弥吉と申しやす」

「随分と画心を擽る姿をしておいでだ。手始めに、弥吉さんを描かせてもらえないか」

　ぎくりとした。

　男――葛城東雨の笑顔に気を抜いていたかもしれない。声音も言い回しもいつもの通り、念入りに男を装っている。だが、画描きの目は鋭いという。もしや、女と気づかれたか。

「美人画ってのは、普通女の方を描くもんじゃありやせんか」

　さり気なく顔を川面へ伏せ、茶化す口振りで言葉の意図を探ってみる。東雨は、屈託なく応えた。

「役者画というのもあるぞ。糊の利いた手拭いの吉原被りに藍半纏、きっちり股引を着けているのに、涼しげだ。立ち姿も顔立ちも色気があるのに品が良い。下手な役者より画になる」

色気があるというのは、深川の芸妓や吉原の太夫、男なら人気役者を指す言い回しだ。東慶寺の尼たちを見て育っているから、本当の「品の良さ」というものを知っている。どちらも、自分とはまるで遠い。

どうにもいたたまれず、弥生は音を上げた。

「旦那、ご勘弁を。あっしはただの船頭で。品だの色気だのと言われると、脂汗で櫓を持つ手が滑っちまいやす」

あはは、と東雨は声を上げて笑った。

「困らせてしまったようだな。申し訳ない」

明るく詫びて、弥生の猪牙に乗り込んだ時のように正面へ向き直る。それきり東雨も弥生も黙ったまま隅田川を遡った。浅草界隈を越し、青々と葉を茂らせた桜が並ぶ辺りへ差しかかったところで、東雨は前を向いたままぽつりと呟いた。

「まるで売れなかった、ある絵師の話を、聞いて貰えるだろうか」

水音、櫓の軋る音、川面を渡る風の音、ともするとそんなものに消されてしまいそうな小さな声だ。

「へぇ、なんなりと」

弥生は静かに返事をし、耳を澄ました。東雨が小さく笑った。

「その絵師は、評判の一門にどうにか弟子入りこそ許されたものの、師匠に目を掛けられることも、描いたものが売れることもなかった。何でも『画心に欠ける』、『面白味がない』らしい。写生だけは得手でよく褒められたが、そこから先がいかんという。何でもあるがままに描けばいいというものではない。そう叱られた。かと言って、ないものをどう足せばいいのか、あるものを取った後、何で埋めればいいのか、皆目見当がつかん。師匠や兄弟子に筆を足して貰い、『ほら、良くなっただろう』と言われても、収まり悪く見えるばかりで、どこがどういう風に良くなったのやら」

哀しげな溜息を、東雨が零した。しゃんとしていたはずの背も、少し丸まっているように見える。

「あるものを、あるがまま。そんな画も潔くって、あっしは好きですけどね」

弥生は自分の憧れを、こっそり乗せて応じた。優しい色目の小袖に揺れる簪、唇にはほんのりと紅を引いて。本当なら、娘姿で春は花見、夏は花火、秋の紅葉に冬の雪。自分の傍らでいつも温かく笑んでいるのは――。

「あの娘も、弥吉さんと似たようなことを言っていた」

ぽつりと東雨が呟いて、弥生は甘酸っぱいもの思いから戻った。急いで訊き返す。

「『あの娘』っておっしゃるのは」

東雨が、うん、と懐かしそうに頷いた。

「あの頃はまだ年端もいかない、無邪気な娘でね」

＊

好きだけで食ってはいけない。男は日雇の仕事を幾つも掛け持ちし、眠る間を削り、暮らしに入用な銭を切り詰め、やっとの思いで作った時と銭を、全て画に充てた。

そうまでしても、ちょっとした画材を買うのにも事欠く始末で、とうとう、飢えて死ぬか画筆を折るか、二つに一つというところまで追い込まれた。人間、三日も食わずにいると心が萎えるもので、男は画を諦める気になった。

残った絵具と紙で、描き収めをしようと思い立ち、空腹で目が回りそうな身体を鐘ヶ淵まで引き摺っていった。描きたいと思っていた景色の中で、残った絵具で足りそうなのは鐘ヶ淵の合歓の木だけだったのだ。

いざ、筆を執ると手が震えた。

師匠の叱責、兄弟弟子の冷ややかな笑い、画を持ちこんだ絵草紙屋の溜息、そんなものが思い出され、これで写生も仕舞いだと思うにつけ、今まで当たり前に動かしてきた筆が、恐ろしさで止まった。ひもじさで弱った心が萎んでいるのだと分かったが、どうにもならなかった。

――おじさん、描かないの。

あどけない声に、男は振り返った。七つか八つほどだろうか、邪気のない笑顔に敏い光を湛えた瞳が目を引く女の子だ。

ふいに惨めな気持ちになって、男は娘に、おじさんの画は下手くそなんだそうだよ、とぼやいた。不思議そうに娘が首を傾げた。

――どうして、へたくそなの。

年端もゆかぬ子に話しても詮無いことだ、と、頭の片隅が止めるのを振り切って、男は娘に教えた。

綺麗なものは本物よりも綺麗に描き、余計なものは描かない、それが画というものなんだ。なのにおじさんは、本物そっくりにしか描けない。

娘は口を尖らせて、異を唱えた。

――そんなの、変よ。だって、おじさんは嫌じゃないの。もし自分の顔を、『こうした方が綺麗だから』って、勝手に目を一つ余計に描かれたり、口をとられたりしたら。

＊

弥生は、噴き出した。

「そいつは、妖怪かなんかの画でごぜぇやすね」

東雨も低く笑って、「だろう」と応じる。

「童に諭され、胸がすっとした。その娘と別れてから、嘘のように筆が走った。写生をした時そのままの清々しい気持ちで、色を乗せたのがよかったのか、その合歓の木の画が、羽振りのいい植木屋の目に留まった」

自分が丹精込めた花が咲いている様子を、画に描き留めて欲しい。ここまでよく描けていれば、『花の季節が来たら、これこれこういう花が咲きます』という具合に、商いに使える。植木屋は目を輝かせてそう言った。

それから、面白いほどに画の注文が舞い込んだ。桜や梅の見本帳に始まり、変わり菊の番付に、薬草を見分ける為の台帳を作って欲しい、という薬種問屋の注文もあった。名所画も少しずつ売れるようになった。見たものがそのまま描かれている方が、帰ってから画を見て話がしやすいと、江戸土産として好まれたのだそうだ。

「今では名所画だけで、食えるようになった」

「その娘さんのお陰ってぇ訳ですか」

「あれが、切っ掛けだからね」

嚙み締めるように男が呟いたところで、鐘ヶ淵が見えてきた。

「どちらへお着けいたしやしょう」

「綾瀬川の堤へやってくれ」

弥生は、櫓を斜めに入れて猪牙の向きを変えた。近づいてみて、思いのほかの人出に驚いた。隅田川から綾瀬川へ入り、橋をひとつ潜った先の堤を目指す。近づいてみて、思いのほかの人出に驚いた。合歓の木は夕方に花が開くから、それに合わせて来る見物客も多いのだと、絵師が学者のような物言いで教えてくれた。

陸に上がった東雨が見物客を避けながら、ゆっくりと歩いてゆく。立ち止まったすぐ先に、黄金色の西日に映え、薄紅に煙る大木があった。賑やかな見物客に交じり、東雨は、ただじっと咲き誇る花を見上げている。

弥生がいる辺り、少し遠くから望む合歓の木は、緑の葉の間から白と紅の霞が滲みだしているように見えた。

夕風が枝を揺らす度に、白と紅が混じり合い、離れ合う。

きれい。

弥生は、弥生に戻ってそっと溜息を吐いた。

東雨が、「すっかり遅くなってしまった」と、慌てて猪牙に戻ってきたのは、東の空が夕闇色に染まってからだった。元々厳(いか)めしかった顔が、何か心に決めたように引き締まっている。

「旦那(だんな)」

そろりと弥生が訊(き)くと、東雨は目許(めもと)を和(なご)ませた。確かめるように頷いてから、もう一度合歓の木を振り返る。すぐに弥生へ向き直り、「戻ろうか」と促(うなが)した。

二

弥生が『松波屋』主市兵衛(あるじいちべえ)の『浜乃湯(はまのゆ)』行きの猪牙を仕度(したく)していたところへ、啓治郎(けいじろう)が顔を出した。大柄だが引き締まった体軀(たいく)を心持ち縮めている。

「今日は、旦那様の送り迎えは俺がする」

弥生は啓治郎の男らしく整った顔を、見上げた。切れ長の目が僅(わず)かに宙を泳ぐ。

「何(なん)かあったのか、啓治」

「女将(おかみ)さんが、浅草行きのお客さんをお前(め)ぇに頼みてぇそうだ。『松波屋』の看板船頭の弥吉を、旦那様が自分お抱えだと思い違いしたら困るから、たまには顔を変えろと言われた」

啓治郎は、いつもの寡黙で頼れる相方に戻っている。念を入れ、自分より頭ひとつ高いところにある顔を間近に覗きこむと、困ったように微笑む。やはりいつもと変わらない。

弥生は、小さく息を吐いて頷いた。

「分かった」

「気を付けて行けよ」

また、啓治郎の心配性が始まった。相方お決まりの「気を付けて行け」は、挨拶代わりではない。本当に、一人仕事を請け負った弥吉を心配しているのだ。妙な客を乗せはしないか。曲がったことが嫌いでお節介、そんな性分が災いして、要らぬ諍いに巻き込まれてはいないか。

弥生は溜息を呑み込んで、にやりと笑ってみせた。

「何なら女将さんの言いつけを破って、おいらと代わるかい」

引き受けた仕事をとるか、弥生を危ないことから遠ざける方をとるか、本気で考え込んだ啓治郎を見て、弥生は慌てた。

そんなことで、迷わないでってば。

「お客さんを待たせちゃあ、ことだ。行ってくる」

言い置き、急いで猪牙に乗り込んだ。浅草寺へお参りに行きたいという夫婦を乗せ、隅田川を上る。途中、川面から見える名所を案内しながら、東雨を思い出した。

合歓は、桜と違って長い間花が咲いているという。あの絵師も、また鐘ヶ淵へ足を運んでいるかもしれない。少し離れた猪牙からは、白と紅の色だけが他の景色から浮かび上がるように見えていた、合歓の大木。

そういえば、客の送り迎えをすることはあっても、間近で眺めることはなかったな。

浅草寺横、大川橋近くで客を降ろした後、弥生は川上へ目をやった。このまま鐘ヶ淵まで行ってしまおうか。頭を掠めた考えを慌てて追い払う。油を売ってる暇はないし、同じ売るなら合歓の花よりも、先にやりたいことがある。

悪戯心がむくむくと湧きあがった。

啓治郎が心配で、様子を見に来た。

そう言って『浜乃湯』へ行ったら、あの相方はどんな困った顔をするだろう。

私の居心地の悪さも、ちょっとは分かってくれるかしら。

思わず弥生に戻って笑い、慌てて頰を引き締める。啓治郎が妙だった訳も、気になる。油を売る言い訳を自分にしてから、弥生は舟を川下の対岸へ向け直し、両国橋を目指した。

橋より少し手前、藤代町のいつも弥生が舟を着ける処には、見覚えのある猪牙が泊まっていた。船頭の姿はない。すぐ横に自分の猪牙を並べ、陸に上がる。元町から回向院の脇を抜け、回向院と松坂町の間の細い道へ入ると、『浜乃湯』の裏手が見えた。目に飛び込んできたのは、啓治郎と老婆だ。裏木戸の脇、『浜乃湯のお地蔵様』と呼ばれている小さな祠の前で、言い合いをしている。

やっぱり、何かあったんだ。

弥生は足音を消して、遣り取りがはっきり聞こえる処まで近づいた。

「――ですから、聞き分けてくださいやせんか、ばば様」

「関脇になるにゃあ、そりゃ大変な苦労があるだろうさ」

「いや、相撲の話じゃございやせんで」

「どこの悪戯小僧が、野放しにされてるって。どれ、あたしが行ってとっちめてやるよ」

「ばば様」

「なんだい、はっきりお言いよ。男のくせにもごもごと。聞こえないじゃあないか」

啓治郎の困り顔は、「一切合財聞こえておいでのくせに」と訴えている。ばば様――とめ婆は、見てくれは年季が入った梅干しのようだが、足腰も耳もしっかりしている。耳の遠いふりは、都合が悪くなったり、相手を煙に巻く時お決まりの手だ。

美丈夫の船頭がちんまりした老婆にやり込められている姿は、弥生の笑いを誘った。

「啓治郎もばば様にかかっちゃ、形無しだな」

ぎょっとした顔で振り返った啓治郎に対して、とめ婆は至ってのんびりしている。

「おや、『松波屋』自慢の男前船頭が二人揃って訪いとなりゃあ、あたしもまだまだ捨てたもんじゃあないね」

弥生はとめ婆に、にっこりと笑ってみせた。

「啓治郎の奴が、女将さんと手を組んで抜け駆けを企みやがったもんですから、慌ててすっとんで来たんですよ」

横目で啓治郎をねめつけると、相方は苦虫を嚙み潰したような顔をしていた。

「お前さんはこの婆の味方をしてくれるのかい。心強いねぇ」

「それは、詳しい話を聞かせていただいてから」

とめ婆が、皺を一層深くして笑った。

「いいよ。お入り」

『浜乃湯』の裏木戸を入ったすぐの小さな離れ、とめ婆の住まいに弥生と啓治郎は通された。とめの一声で、よく冷えた梨が運ばれてくる。とめは、息子に『浜乃湯』を譲るまで、女将としてこの湯屋を切り盛りしていた女だ。

愛想のよい女中の気配が離れから充分遠ざかるまで待って、啓治郎が切り出した。

「これは女将さんがお決めになったことでごぜぇやす。呑んじゃあいただけやせんか」

ふん、ととめが鼻を鳴らす。「聞こえない」振りは、とりあえず止めたようだ。

「受ける受けないは、あのひよっ子夫婦が決めるこった。勝手にすりゃいいじゃないか。裏の橋渡しをしてるだけの老い耄れ婆ぁの戯言なんぞ気にかけるこたあ、ない」

とめ婆が突き放すように言葉を紡ぐたび、啓治郎の背中が丸まっていく。

船宿『松波屋』のもうひとつの顔が、「とんずら屋」だ。

高利貸し、乱暴者の亭主や奉行先の主人。あるいは許されない仲の男と女が手に手を取って。どんな経緯でも、何からでも、金子さえ払えば、逃してやる。

そんな裏稼業である。

『浜乃湯のお地蔵様』を通して行われる「とんずら屋」と客との遣り取りを一手に引き受けているのが、このとめである。とめ婆がいい塩梅で目眩ましや煙幕を施し、町方や物見高い野次馬を煙に巻いてくれるからこそ、繋ぎの『お地蔵様』を使い続けていられる。「橋渡ししているだけ」なぞ、間違っても言えはしない。

弥生は笑いを噛み殺してから、娘の物言いで口を挟んだ。

「ばば様、『お地蔵様』に繋ぎがあったということですか」

「そうなんだよ、お嬢。それを、ひよっ子女将が断れっていうのさ」

「何か、気に掛かる訳があったのでしょうか」

「あの子らしくもない、下らない訳だよ」

とめ婆が、もどかしそうにぼやいた。

一風変わった「繋ぎ」が『お地蔵様』に仕込まれていたのは、三日前だ。

「繋ぎ」の主は、葛城東雨という人気絵師で、「畳町の書物問屋『美原屋』の、おいようという若い女中を、こっそり連れ出して鐘ヶ淵へ行き、再び店へ送り届けて欲しい」という頼みだった。

それは「とんずら」ではない。逃がすのではなく元へ戻すとなると、見咎められる恐れは倍になる。金持ち絵師の粋狂には付き合えない。物見遊山の舟でも仕立てれば済むはずだ。『松波屋』女将、お昌は草の調べを聞いてすぐに、断ってきた。

葛城東雨。あの、鐘ヶ淵の絵師だ。

弥生は驚きを呑みこんでから、呟いた。

「確かに、叔母さんらしくない話ですね」

「お昌は、この婆が情に絆されたと思ってやがるのさ」

とめ婆は、ほんのりと笑って言葉を続けた。

「絵師が、あたしと顔見知りでね。『浜乃湯のお地蔵様』を褒めてくれたんだよ」

――穏やかで嬉しそうな顔をしておいでだ。ばば様の心の籠った御世話振りが窺えます。

絵師はそう言って、熱心に写生をしていったのだという。回向院に両国橋、藤代町からは隅田川を挟んで富士の御山も望める。絵師の心を擽る風景が目白押しのこの辺りで、小さな『お地蔵様』を選んでくれたのが、とめ婆は嬉しかったのだろう。

それを知ったお昌が、「受けない」と答えを出した。とめ婆が、また鼻を鳴らした。

「繋ぎの主と知り合いってのを黙っていたのも、お昌は気に入らないんだろうけどね。あたしも見くびられたもんさ」

それから、しんみりした様子で続ける。

こいつは、画描き先生の恩返しなんだ。叶えてやりたいねぇ。

弥生は、一回り縮んだようなとめ婆を見て思った。

情に絆されたというお昌の読みは、多分当たっている。だからこそ、受けてやりたかった。お昌に輪を掛けて厳しくとんずら稼業に当たり、人を見る目も飛びきりのとめ婆が、叶えてやりたいと考えるのだ。東雨の思いつめた顔と合歓の大木が、弥生の目の裏に浮かんだ。

「ばば様。そういうことなら、話の持って行きようですよ」

お昌の性分は、姪の自分がよく承知している。にっこり笑った弥生に、とめ婆は皺に埋もれかけた綺麗な目を輝かせ、啓治郎は盛大な溜息を吐いた。

三

とめ婆と悪知恵を出し合った夜、弥生はお昌に呼ばれた。散らかった帳場は、煙草で淡く白い霞が漂っている。

ぷかりと、一段濃い煙を吐き出し、お昌は弥生をひと睨みした。知らん顔で文机を挟んだ向かいに座ると、お昌が、とん、と煙管の灰を煙草盆の灰入れに落とした。

「啓治が、ばば様の言伝（ことづて）を持ってきたよ」

「はい」

「ご丁寧に『ばば様の言い様を、そのままお伝えします』と、断りやがってね。生真面目な啓治のことだ、さぞ言いづらかっただろう。可哀相に」

　ちらりと鋭い目でひと睨みされ、弥生は慌てて目を伏せた。お昌が一度煙管をふかしてから、平らな言い回しで続ける。

「見咎（みとが）められる恐れが倍になるというなら、とんずら料も倍にすればいい。一度のとんずらで二度分料金（おあし）が頂けるんだ、お昌がいつも言う、美味しい仕事のはずだ。それを『受けない』というなら、お昌こそ情とやらに振りまわされているんじゃないのか。知り合いだろうが何だろうが、自分は繋ぎがあれば、そっくりそのまま『松波屋（そっち）』へ上げるだけだ。話を引いたり足したり、繋ぎを握りつぶしていいのなら、いつでも言ってくれ。心置きなく勝手にやらせてもらう、とさ」

　ひと息入れて、お昌が続ける。

「お前の入れ知恵だよねえ、弥吉」

　弥生は笑いを嚙み殺して「何の話だか、あっしにゃあ」と、惚（とぼ）けた。この叔母から一本とれそうなのが、ちょっぴり楽しい。

　お昌が小さく息を吐いた。

「お前なら話を聞きゃあ、きっとばば様の肩を持つ。だから、啓治に行かせたってのに、何をふらふら『浜乃湯』くんだりまで油を売りに行ったんだい」

「浅草から『浜乃湯』まで行かれるってぇお客さんが、おいでだったもんで」

「嘘をお言い」

ぴしゃりと叱られ、弥生はぺろりと舌を出した。厳しい顔とは裏腹に、お昌には怒りの気配がまるでなかったのだ。

「まあ、ね。確かにばば様とお前の言う通り、今度の話はあたしの目が変に曇っちまってたようだ」

「じゃあ」

身を乗り出した弥生に、お昌は顰(しか)め面を向けた。

「お前と源太でおやり。気を抜くんじゃないよ。行って戻ってくる、なんざ今までやったことがないんだからね」

嬉しそうなとめ婆が見えるようだ。弥生は「恩に着やす、女将(おかみ)さん」と礼を言った。

「まったく、手前(てめ)えにゃ何の得にもならないことが、なんだってそんなに嬉しいんだか」

まじまじと弥生の顔を眺めていたお昌から、力のないぼやきが零(こぼ)れた。

夜明け前、弥生は啓治郎が起き出してくる前に、猪牙に乗り込んだ。

今度のとんずらは、昼日中の行き帰りを、奉公先の『美原屋』ばかりでなく、おようの顔見知りにも見咎められないよう、運ばなければいけない。

どの道筋が、一番間違いがないか、確かめておきたかった。

また啓治郎が一緒に行くと言い出すと厄介なので、こっそり出かけてしまおうという訳だ。

川底に竿を差したところで、『松波屋』の船着き場めがけて走ってくる足音が聞こえ、弥生は慌てて振り返った。啓治郎ではなかったものの、見知った姿に肩が落ちる。

「待っとくれ、弥吉」

「若旦那」

止める間もなく、進右衛門は身軽に弥生の猪牙へ飛び乗った。

細身の舟が大きく揺れる。

急いで舟を立てなおし、厳しい目を向けた弥生に、進右衛門は悪戯っ子のような顔をしてみせた。進右衛門は、京の呉服問屋の若旦那で、『松波屋』の長逗留客だ。

「申し訳ありやせんが、あっしの猪牙は空いておりやせんで」

「そうは見えないけどね」

「お客さんを、お迎えに伺うとこで」

「だったら、その手前まででいいよ。朝の漫ろ歩きがしたいだけさ、どこで降ろして貰ったって構わないから」

「若旦那」

どう言えば、追い払えるだろう。

言葉に詰まった弥生に、進右衛門が人の悪い笑みを向け、畳み掛ける。

「愚図愚図してると、お前さんのことにかけちゃあ飛び切り鼻の利く男前の相方も、気付いて追いかけてくるんじゃないのかい」

弥生は、にやにや笑いの進右衛門をもうひと睨みし、櫓を手にした。ぐい、と水を大きくひと掻き、二人を乗せた猪牙が、滑らかに仙台堀の水面を滑った。

濃い藍だった空が東から薄らと明るくなるにつれ、ひとつ、またひとつと星が消えてゆく。水面が朝の光を細かく弾いて、闇に沈んでいた景色が色を取り戻す。今日も暑くなりそうだ。

「朝は気持ちがいいねぇ。あっという間に暑くなっちまうんだろうけど」

呑気な進右衛門を乗せ、弥生は舟を進めた。隅田川を下って永代橋をくぐり、向こう岸の京橋川を遡り、大根河岸近くで猪牙を泊める。

「おや、客はどこにいるんだい」

陸へ上がりながら、進右衛門が訊く。弥生は戸惑った。

当たり前のように掌を差し出され、弥生は戸惑った。まるで、連れの娘を気遣っているような、振舞いだ。

女と知れたのではないか。湧き上がる危惧の一方、胸の片隅で甘酸っぱい何かが、とくりと跳ねた。

何を、呑気なことを。弥生はとびきり不機嫌な顔をつくって、一人で舟を降りた。船頭が舟を降りるのに客に手を貸して貰うなぞ、聞いたことがない。

「では、あっしはここで」

ぶっきらぼうに頭を下げ、歩き出した後を、進右衛門は悪びれた様子もなく、付いてくる。先に痺れを切らしたのは、気短な弥生だ。

立ち止まり、振り向きざまに半ば喧嘩腰で問う。

「若旦那は、一体、どちらへ」

「言ったろう。朝の漫ろ歩きだって。どこという目当てもないから、お前にくっついて回ろうと思ってね」

「そいつは、ご勘弁を」

「いいじゃないか。弥吉が客を拾ったら、退散するよ」

弥生は、零れかけた溜息を呑み込んだ。河岸の賑わいを漫ろ歩く振りで、畳町へ足を延ばす。どこかで人込みに紛れて、置き去りにしてやる。

こちらの苦し紛れの目論見なぞ、まるで気付く風もなく、進右衛門はのんびりとひとりごちている。

「いくら顔立ちが綺麗といっても、野郎は野郎だ。どうせなら可愛い娘さんと歩きたかったねぇ。縞の黄八丈の小袖が良く映える娘で、髪には、そうだね、ちょっと気が早いけれど楓の細工の平打ちか、珊瑚の玉簪」

山吹色の小袖に、紅の簪。これからの季節に良く映える色合いだ。

打ち消すより先に、鏡に向かって微笑む、娘姿の自分の幻が頭を過った。

もし、普通の商家に生まれていたら。

母の実家、旅籠の娘として育っていたら、今頃はそんな恰好をしていたのかもしれない。

毎日、裁縫や三味線の手習い。時には物見遊山や芝居見物。

舟の操り方や風の読み方、誰かを逃す技を身につけるのでなく――。

「ねぇ、どう思う。弥吉」

進右衛門に訊かれ、弥生は慌てて首を振った。

そんな悠長な夢を見ている暇が、お前にあるの。弥生。

自分で自分を叱咤し、ざらついた心のまま、冷ややかに応じる。

「だったら、そんな娘さんを探しに行かれたらいかがですか。あっしの後をくっついて回ったって、お望みの娘さんにゃあ行き会えやせんぜ」

やれやれ、と進右衛門が呆れた風で溜息を零す。

「それじゃ、話が終わっちまうじゃないか」

それこそ、願ったり叶ったり、だ。何の苦労もなく、可愛い形の出来る娘の話なぞ、したくもない。

「何を怒ってるんだい、弥吉」

怒ってなんかいない。そう答えかけ、思い直す。

「決まってるじゃごぜぇやせんか。若旦那が、あっしの仕事の邪魔をなさってるからですよ」

「仕事、ね」

口振りに引っ掛かるものを覚え、弥生は立ち止まり、進右衛門を見遣った。

色男の顔が、柔らかな笑みの形に綻ぶ。深い色が瞳を過ったのは、気のせいだろうか。

その色の意味、在り処を追おうとした弥生から逃れるように、進右衛門はつい、と目を伏せた。

「やれやれ。すっかり嫌われてしまった。これ以上しつこくすると、あの怖い女将に『うちの稼ぎ頭の邪魔をするな』って叱られそうだから、退散するとしよう」

じゃあね、と軽やかに手を振り、進右衛門は去っていった。

何を考えているのか、読めない男だ。

すっとした後ろ姿を少しの間見送り、気持ちを切り替える。今は、若旦那にかまけている時ではない。

足を速め、弥生も河岸から離れる。

書物問屋『美原屋』は、大層賑(にぎ)わっていた。物見遊山の土産を買い求めにきた田舎者、いかにも書物好き、手代(てだい)たちとも顔見知りといった贔屓(ひいき)客が入り交じり、出たり入ったりを繰り返している。そんな騒がしい店先を行き過ぎ、裏木戸へ回った。

辺りは打って変わって静かだった。ぐるりの板塀の向こうから、背の高い樹の枝が覗(のぞ)いていた。蟬(せみ)の声が、暑そうに間延びして聞こえる。

裏木戸は使えそうだ。

そこから京橋へ戻り、川下の竹河岸(たけがし)の様子も窺(うかが)ってみる。大根河岸よりも雑多な色合いが強い。『美原屋』には大根河岸が近いが、人に紛れるには竹河岸の方がよさそうだ。

もう一度、道筋を確かめようと『美原屋』の裏へ戻ったところで、無造作に近づいてくる人の気配に、弥生ははっとした。

「また会ったね」

弥生の前に立った進右衛門が、おどけた風で肩を竦めた。

尾行けられたか。

咄嗟に考え、弥生は眼の前の整った面を睨み据えた。

「だから、そんなに怖い顔をおしでないよ。弥吉が言ったんだよ。可愛い娘さんのとこへ行けって」

浮ついた物言いをしながら、塀の向こうを透かし見る仕草をする。弥生も、その視線の先をなんとなく追ってみた。

「こちらさんに、若旦那のお眼鏡に適うような、縞の黄八丈の似合う娘さんがおいでってわけでごぜぇやすか」

進右衛門が、呆れ交じりに笑った。

「きりりとした縞が似合う娘は、他にいる。ここの娘は、そうだなあ、細かな格子か、井桁か。可愛い柄が映えるだろうね」

「なんて娘さんで」

この男、しょっちゅう遊び歩いている分、顔も広い。『美原屋』について知っていることがあるかもしれない。さりげなさを装って訊いてみると、進右衛門はあっさり答えた。

「おようさんと言ってね。ここの女中だよ」

おようさん。今度の客だ。

逸る気持ちを抑え、問いを重ねる。

「どんな娘さんなんで」

にんまりと、進右衛門が笑った。

「おや、珍しい。女の話に弥吉が乗ってくるとは」

何やら腹立たしいのと、ばつが悪いの半々で、弥生はむきになって言い返した。

「そんなんじゃありやせん。それより、さっさとお目当ての娘さんをお呼び出しになったらいかがです。何なら、猪牙を出しやすぜ」

ふと、進右衛門の顔が曇る。

「あの娘は、ここから出して貰えないんだよ」

少し哀しそうに頷き、進右衛門は弥生を促した。

「ここで立ち話をするのは、ちょっとばかり気が引ける。猪牙へ戻ろうか」

自分から言っておいて、弥生の舟へ乗り込み、仙台堀へ舳先を向けても、進右衛門は黙ったままだ。

弥生も黙したままで、隅田川へ舟を出す。ようやく、重たげな口が開いた。

「『美原屋』の御内儀、お艶さんは、娘さんを赤子の頃に亡くしていてね。以来、家の奥に閉じこもりきりなんだそうだよ」

ある時、娘が高い熱を出した。お艶は看病で疲れている様子の女中と寝ずの番を代わったが、元々、娘の酷い夜泣きでお艶自身も眠れない日が続いていたせいか、夜明け前についうとうとしてしまった。

周りの騒がしさに目を覚ますと、娘は既に息をしていなかった。

お艶は自分がちゃんと看ていなかったからだと自らを責めた。幾年経っても、お艶の所為ではないと誰が諭しても、思い出したように娘の死に涙し、主や舅に詫び続けた。

四年前の春、『美原屋』の奥向きに、およういう娘が女中奉公に入った。明るく敏く、優しい娘で、塞ぎ込んでいる内儀を甲斐甲斐しく世話した。死なせてしまった娘と同い年のおようを、お艶は酷く可愛がった。片時も側から離さず、我が子が戻ってきてくれたのかもしれないとまで、言い出す始末だ。おようが来てからお艶が明るくなったと主一家は喜んだが、他の女中は、何かと目を掛けて貰えるおようをやっかむようになった。

三年前のことだ。おようは年嵩の女中に使いを頼まれ、ほんの少し外出をした。ところが、おようの姿が見えないと、内儀が店先で騒いでしまった。また自分が目を離した隙に娘が死んだらと、泣き叫んだ。外出から戻って初めてその騒ぎを知ったおようは、番頭、女中頭に酷く叱られた。使いを頼んだ当の女中は、勿論知らんふりだ。内儀はまた塞ぎ込み、少しでもおようの姿が見えないと、騒ぐようになった。そのせいで、店に顔を出すことも止められた。

おようといえば、以来、そのとばっちりで外出も藪入りの里帰りも許してもらえない。

「町中のあれこれが楽しい年頃の娘さんが、気の毒に。けどね、あの店の人たちは、主一家も奉公人も、それぞれ重いものを胸に抱えながら、どうにか立っている。せめて、そっとしておいてやりたいんだよ」

進右衛門の話は、お昌から聞かされて既に知っていたことばかりだ。だが弥生は、ぽつりと添えられた言葉尻が、気に障った。

まさか、進右衛門は『松波屋』の裏の顔に気付いている——。

「なぜ、あっしにそんなことを」

惚けた自分の声が、硬く聞こえた。

「さあ。何故だろうね」

往なされたと思いきや、進右衛門がすぐに続けた。

「お前さんが、気の毒な娘の味方をしてるように見えたからかな」

　本当に、そうだろうか。

　様子を窺っていると、宥めるような笑みがこちらに向けられた。

「主には主の辛さがあってね。身内や奉公人を養うためには、お店を守らなきゃいけない。店を揺るがすような評判を抑えるためなら、一人の女中に辛抱を強いることもあるって話さ」

　少し間を空けてから、弥生は皮肉に紛れて、鎌を掛けてみた。

「随分と、上に立つ御人のお気持ちがお分かりになるんでございやすね。さすがは京の大店の若旦那、ふざけてばっかりに見えて、色々お考えになっておいでだ。もしかして、ふらふらしてる振りで、他に何か大ぇ事なお役目でも、お持ちでいらっしゃるとか」

　ぴりりと、進右衛門の気配が張り詰めた。

　櫓を操る水音が、やけに大きく響く。風に乗って聞こえてくる、良い声の船唄が妙に遠い。

　出し抜けに、進右衛門が喉で笑った。

「若旦那」

そろりと問うた弥生を余所に、忍び笑いが、すぐに「あっはっは」と、朗らかなものにとって代わった。

「なんだい、お役目って。まるで、お役人かどこぞのお大名の間諜の話をしてるみたいだよ」

目の端に滲んだ涙を拭いながら、話を戻す。

「どんな放蕩息子だって、生まれた時から親父の側から店を眺めてれば、それくらいは見当がつくようになるさ」

はぐらかされたのか、それとも、自分の考え過ぎか。

「そうでごぜぇやすか。だが生憎あっしは、そっち側から世の中を眺めたことがねえもんで」

話している裡に、ふつふつと憤りが湧き上がる。

大義名分とやらの為に踏みつけられる者は、痛みを感じないとでも、思っているのか。

「ですがね、若旦那。取るに足らない娘っこだろうが、若造だろうが、女中ひとり、船頭ひとりの汗を元手に、そっち側のお人は、旨いもん食って、上等なもの着てるんじゃあ、ごぜぇやせんか」

進右衛門は、応えない。ただ、小さく息を呑んだ音が聞こえたのみだ。弥生は、続けた。

「だったら、いざって時に踏みつけにするんじゃなく、ぎりぎりまで庇ってやるとか、他に何か道がねぇか頭を捻ってみるとか、それくらいの苦労はするのが、人の道ってぇもんでしょう」

進右衛門が、弥生を見た。

驚き、戸惑い、そんなものに混じって見え隠れするものは、何だ。込み入った色合いの目を、弥生は覗きこんだ。

「さすが、血は争えない、か」

いつもの進右衛門とは違う、冷ややかな物言いだ。

鳩尾から心の臓まで、一気に凍りついた心地がした。

どこかで、やはり、と思っている自分、寂しさや悲しみを感じている心に、弥生は驚いた。

瞬く間に、「若旦那」のちゃらりとした佇まいに戻ってふざける。

「誰も教えちゃくれないけど、弥吉、お前さん怖い女将の身内だろう。顔立ちがよく似てる。その性分もそっくりだって、言ったんだよ」

「へぇ。実は、甥っこで」

ひとりでに口から出てくれた答えに、ほっとする。

やっぱりね、と頷いている進右衛門には、どんな屈託も見受けられない。

言い逃れだ。

頭の片隅で鋭く繰り返す自らの声に、弥生は耳を塞いだ。

まだ、「敵方」と決まった訳じゃない。

気付けば、弥生はお題目のように、心の中でそう繰り返していた。

四

三日後、弥生は源太と共に『美原屋』へ向かった。猪牙を竹河岸近くに泊め、丸に『松』を染め抜いた、『松波屋』御仕着せの藍半纏（あいばんてん）を羽織った姿で、表から訪い（おとない）を告げる。店は、お昌の手配のお陰でいつにも増して大繁盛（はんじょう）、普段は愛想のよい手代たちも、あまりの忙しさに揃って顔を強張（こわば）らせている。

弥生たちが奥へ通されてすぐ、『美原屋』の主が顔を見せた。大店の主然（あるじぜん）とした重々しい佇まいの男で、弥生たちを見る目は冷ややかだ。

「父から話は聞いていますよ。私は、他人様（ひとさま）の手を借りるつもりはなかったのだけれど。ましてや玄人（くろうと）でもないお人に、手間を掛けさせて済まないね」

「とんでもねぇ。ちょいとでもお役にたてりゃあ、何よりでごぜぇやす」

棘(とげ)のある皮肉を、弥生が落ち着いて往なした。

「何でも、『松波屋』さんの逗留(とうりゅう)客の間で評判だそうだね。なまじの噺家(はなしか)や講釈師より面白いとか。そういう評判を鵜呑(うの)みにする父にも、困ったものだ」

ふう、と源太が弱り切った顔で息を吐いた。虚(きょ)をつかれたように、美原屋が源太を見遣(みや)る。

「へぇ。先だっては、お客様にきつぅいお叱りを頂きやした。笑いすぎて腹の皮がよじれちまったんだそうでさ」

けろりと言うや厳しい顔をものともせず、にぱっと笑いかける。つられて、ほんの少し美原屋が口許(くちもと)を綻(ほころ)ばせた。笑みひとつで、源太は人の懐(ふところ)にするりと入り込む。いつ見ても、鮮やかな手並みだ。美原屋は重々しさを取り繕うように、咳(せき)払いをひとつして立ち上がった。

「女房はここ何年も塞(ふさ)ぎこんでいてね。少しでも気を紛らせてくれれば有難いが、笑わないからといって無理をしないでおくれ。かえって気塞ぎの虫が酷(ひど)くなってはことだ」

「心得ておりやす」

またにいっと笑った源太に、美原屋も今度ははっきり笑いを返した。

　初めに通された座敷から広縁を通り、更に奥へ向かう。窮屈そうに背の高い樹が植えられた小さな庭を望む座敷の前で、美原屋は足を止めた。

「およう、私だ」

「はい、旦那様」

「あれの様子はどうだい」

「落ち着いておいでです。昼飯も残さずお召し上がりになりました」

　ここまでの遣り取りを座敷の内と外で交わし、ようやく美原屋は障子の引き手に手を掛けた。

「そうかい。では入るよ」

　するりと開いた障子の向こうには、利発そうな目をした可愛らしい娘と、虚ろな瞳の顔色の悪い女がいた。虚ろな瞳の女がお艶、そして。

　この娘さんが、あの旦那の恩人。

　弥生の中で、東雨の身の上話に出てきた明るく敏い女の子が、目の前の女中と綺麗に重なって見える。確かにこの娘なら、しゃっきりとした縞より、華奢な格子や井桁が似合いそうだ。

「およう、こちらは、昨日話した船宿の御人たちだ」

　美原屋は女房のお艶ではなく、おように話し掛けた。

連れ合いの痛々しい姿を見ることができないのだ。お店のためとはいえ、二人を家の奥に閉じ込めていることに気が咎めてもいる。冷たく頑なな瞳に過る苦しい色が、弥生に美原屋の心底を伝えた。

「御内儀様と二人、昨夜から楽しみにしておりました」

朗らかな声に、弥生は美原屋からおようへ目を向けた。

「そいつは、ありがてぇ。何しろあっしゃあ、お客さんの『楽しみ』とおっきな笑い声が、何より好物でござんして」

飛びきり剽げた源太の物言いに、虚ろだったお艶の瞳に小さな光が灯る。おようは、くすくすと笑い声を立てている。それを見た、美原屋の顔つきが変わった。

「それじゃあ、早速『下らねぇ話』をひとつ」

源太得意の笑い話だ。吝嗇な長屋の差配を、店子が安酒を「下りもの」だと騙して店賃の代わりにしようと企む話で、ずれた二人の遣り取りが、耳の遠い振りをする時のとめ婆を思い起こさせ、幾度聞いても弥生は笑ってしまう。おようが、顔を伏せて笑いを堪えている。

お艶が、ふわりと笑った。

ちょんと小首を傾げ、頬が緩んだほどの笑いだった。それでも、美原屋とおようが驚いたように顔を見合わせる。源太の話が進むにつれ、お艶の頬が柔らかさを増し、血の気の薄い唇が綻ぶ。おようが気兼ねなく小さな声を立てて笑うのを見届け、美原屋が立ち上がった。

「後を頼みましたよ。おようがいれば、心配はいらないがね」

囁いた美原屋を、弥生は承知いたしやした、と頭を下げて見送った。しばらく待ってから、源太と目で合図を交わす。そろそろお昌の差し向ける「主を出せと騒ぐ、厄介な客」が、店へ来る頃だ。源太の話は、唐の変わった風習と、どじな坊主の話に移っている。弥生はおように、お艶の和んだ顔つきを確かめながら、そっと近づいた。

「おようさん、ちょいとよろしゅうございやすか」

目尻に涙を溜めた笑い顔で、おようが「はい」と弥生を見た。こそりと耳打ちをする。

「手前どもは、こちらの御隠居さんにもうひとつ言い付かっておりやして。おようさんを、こっそり鐘ヶ淵までお連れして、気散じをさせてやってくれってぇお話なんでごぜぇやす」

『美原屋』の隠居は、葛城東雨が食い詰め絵師だった頃からの知り合いだ。その好で、「売れる切っ掛けをくれた」おようへの、東雨の恩返しを手伝っている。

「隠居の気遣いだ」ということにして、東雨はおようを慰めたり、頑張った褒美を遣ったりしているという訳だ。

その繋がりを、お昌が使った。

まずは東雨から『美原屋』の隠居へ、こう頼ませる。

「面白い話を聞かせると評判の『松波屋』の船大工を、『美原屋』の奥向きへ呼んで欲しい。今年も盆の里帰りができなかったおようさんを元気づけてやりたいし、御内儀の気散じにもなるだろう」

隠居の名で呼ばれた『松波屋』は、これも隠居からの頼みということにして、おようを鐘ヶ淵の合歓の木見物に連れ出す。勿論、隠居が知っているのは「面白い話を聞かせる」ところまでだ。

そして、東雨にはこう思わせる。

「『松波屋』は、全て隠居の頼みだと信じていて、『とんずら屋』とは何の関わりもない。裏で『とんずら屋』が糸を引いていることさえ、知らない」と。

弥生は目を丸くしているおようへ、言葉を重ねた。

「鐘ヶ淵は、先日もお客さんをお乗せして行きやした。合歓の花がそりゃあ綺麗でございやしたよ」

幼さを残したおようの顔が輝いた。目尻に滲んでいたものが、違う色合いの雫で膨らむ。すぐに、迷うように顔が曇った。

「でも、御内儀様は」

弥生は目で源太を指して答えた。

「この源太にお任せくだせぇ。いくら始終付きっきりだっつったって、風呂やら飯やらで、ちょいとの間、御内儀さんからおようさんが離れることは、ございやすでしょう」

「はい」

源太が飛び切りみょうちきりんな顔を作った。お艶が、小さく噴き出す。おようは驚いたようだ。弥生がおようを宥める。

「こいつなら、そのちょいとの間を、面白可笑しい話で一刻二刻に変えちまうなあ、朝飯前でさ」

請け合った矢先、お艶の顔が悲しげに曇った。

「あの子にも、こんな楽しい話を聞かせてやりたかった」

声に湿ったものが滲む。おようがすかさずお艶の側へ寄った。

「御内儀様。大丈夫でございますよ。このおようが一緒に楽しい話を聞かせていただいてますから」

覚悟はしていたが、一筋縄ではいかない。ぴったりと寄り添い合っている二人を見遣って弥生が唇を噛んだ時、おようが思いつめた顔で「あの」と弥生を呼んだ。

「御内儀様も一緒に連れて行っていただく訳には、参りませんでしょうか」

返事に窮した弥生へ、おようが膝を詰めた。

「無理を申し上げているのは、分かっております。でも、久し振りにお笑いになった今なら、外にお連れ出来るかもしれない」

おようの真っ直ぐな必死さに、弥生が折れた。お昌の手配では、『美原屋』の忙しさは、暮れ六つまで続くはずだ。普段から皆揃っておように任せきりのお艶の許へ、誰かが顔を出すことはないだろう。

「御内儀様が、御承知いただけるのでしたら」

「お、おいっ、弥吉」

狼狽えて弥生を止めた源太に、大丈夫と小さく頷く。おようは内儀の側へ戻って、静かに語りかけた。

「御内儀様、おようとお出掛けになってはいただけませんか」

内儀が悲しそうに首を横へ振った。

「おようは、御隠居様のご用事でどうしても出掛けなければいけません」

「外へなぞ出て、お前にもしものことがあったらどうするの。掏摸や物盗りに出逢ったら。ちょっとした弾みでお侍様にぶつかってしまうかもしれない。辻を横切る大八車に気付かないかもしれない」

甲高く、早口になっていくお艶の物言いを、おようが宥めた。

「ですから、御内儀様に一緒にいらしていただきたいんです」

お艶は少し落ち着いたものの、震える声で呟いた。

「お前だって知っているでしょう。私は外が怖いのよ」

「今日なら、きっと大丈夫ですよ。こちらの源太さん弥吉さんとだって、楽しくお過ごしになれたじゃあございませんか」

躊躇うように、お艶が源太を、次に弥生を見た。

「お前を一人で外に出すくらいなら、付いて行った方がいいのかしら」

迷うような口ぶりではあるが、そう呟く。すかさず、おようがひと押しした。

「ええ、御内儀様。おようも、一人では心細うございます。一生に一度のおようの我儘だと思って」

お艶は長いこと黙っていたが、ようやく「そうするしか、なさそうね」と、応えた。

弥生は立ち上がった。源太は、既に半べそだ。一人でここを切りぬけろってのか。くるくると、忙しなく動く目が、そう訴えている。

だが、泣きべそを掻きながらだろうが、狼狽えながらだろうが、源太はそつなく誤魔化してくれる。弥生たちが戻るまで、皆が座敷に揃っている振りで笑い話を続けてくれる。そういう男だ。

「それじゃ、早いとこ行きやしょう」

およウが硬い面持ちで、お艶は心許なげに、弥生に頷きかけた。

裏木戸から抜け出し、そっと様子を確かめた店は、弥生が考えていたよりも大きな騒ぎになっていた。右も左も分からない様子で手代の手を煩わせる田舎客、あれも出せ、これも見せろと我儘放題の金持ち商人、贔屓の役者の似絵がちっとも似ていないと文句を付けている娘、お昌も随分と張り込んだものだ。さぞかし東雨に金子を出させたのだろうと、弥生は少し申し訳なく、一方で可笑しく思った。

心配そうに店先を見遣る女二人を促し、猪牙を泊めてある竹河岸へ着くと、見覚えのある渋面が弥生を待ち受けていた。『松波屋』の半纏を脱いだ着流し姿で赤の他人を装っている啓治郎は、お艶を見て眉を吊り上げ、苦々しい目つきで「こんなこったろうと思ったぜ」と、伝えてくる。

すれ違いざま、弥生は啓治郎へ囁いた。

「源太を頼む」

「馬鹿野郎」

弥生は小さく微笑んで心配性の相方をからかった。

「着流し姿も、男前だぜ」

「いいから、さっさと行け」

擽ったそうな啓治郎の顰め面が、男らしく、頼もしく見えた。

五

弥生は出来る限り速く、なるべく猪牙が揺れないよう気遣って舟を進めた。初めは人の目を避けるように縮こまっていたお艶も、頬に当たる心地よい川風と夏の名残の眩しい日差しに、少しずつ手足、心の力を抜いているようだ。

鐘ヶ淵に着いたのは八つ半頃で、綾瀬川の堤は、東雨を乗せて来た日と同じように、人でごった返していた。急に多くなった舟の数と人出に、お艶が怯えた顔をする。おようがお艶の手を握り締めて励ました。

「皆さん合歓の花に夢中ですから、大丈夫ですよ」

おようの囁きに、お艶が少し笑って頷く。橋から少し離れた処に猪牙を泊め、お艶とおようを案内してゆっくりと歩を進める。途中、幾度も立ち止まっては周りを窺う様子を見せるお艶を励まし、人を除けながら。

近くで見る合歓の花は、美しかった。白地にほんのり紅を乗せた綿毛のような花が揺れるたび、仄かな甘い匂いが辺りに漂う。

ゆらゆら。

ふわ、ふわ、ふわ。

見上げる者の心の角を優しく擦って丸くするように、揺れては匂い、また揺れる。

——赤ん坊が、笑っているようね。

見物客の呟きに、お艶がはっとした。辺りを忙しなく見回し、満開の枝を見上げる。

「御内儀様」

宥めようとしたおようを、弥生は軽く手を上げて止めた。

血の気の失せたお艶の頰を、つ、と一筋涙が伝った。瞳は変わらず哀しげだけれど、静かに凪いでいる。

「笑って、いるの」

お艶が、合歓の花に向かって語りかけた。

「お前はそこで、幸せなの。おっ母さんを、許してくれるの」

ざ、と、巻いた風に一際大きく枝が揺れた。弥生の目にも、花が楽しげにはしゃいでいるように見えた。

ああ。

溜息にも似た呟きを、お艶が零した。

「御内儀様。ほら、笑っておいでですよ。あそこでも、ここでも、お嬢様が」

お艶を脇から支え、しきりに話し掛けているおようの声も潤み、掠れている。ただ立ちつくし、声もなく泣き続けるお艶に、弥生は静かに語った。

「すぐ近くに、木母寺って寺がありやしてね。昔、攫われた挙句病で死んだ梅若丸ってぇ子供の塚がありやす。一年経ってようやく捜し当てた母親は、息子の死を知り身を投げたんだとか」

「船頭さん」

責めるように、おようが弥生の袖を引いた。お艶は、静かな目で弥生を見ている。弥生は、鎌倉でひっそりと暮らしている母の面影をお艶に重ね、続けた。

「子供にとっちゃあ、母親が元気でいてくれるのが一番だ。それが手前ぇの所為で、身を投げたり泣き暮らされたりしちゃあ、あの世でやり切れねぇんじゃあござえやせんか」

お艶が、問い掛けるように弥生の瞳を覗いた。母の言葉が弥生の胸に蘇る。

――母が待っていることをどうか忘れないでおくれ。辛くなったお前がいつでも帰れるよう、ここは必ず母が守るから。

母のその餞が、苦労を掛けて済まないという詫びよりも、細やかな心配よりも、弥生の支えになっていた。もしかしたら生きては二度と会えない。分かっていてなお、そう言い切ってくれた母の強さは、大きな力だ。

「船頭さんの、親御は」

お艶の問いに、弥生は答えた。

「父はあっしが生まれてすぐに亡くなりやした。母はなかなか会えやせんが、元気に暮らしているようでごぜぇやす」

「それで、いいとおっしゃるのね。母御が元気でいれば」

「後はあっしを忘れずにいてくれりゃあ、もうそれで十分でさ」

顔を見たい。会って話がしたい。伝えたいこと、訊きたいことは山ほどある。それが正直な気持ちだ。でも弥生は母が恋しくなる度、こう考えることにしている。

母が元気で、穏やかに過ごしてくれていれば、他の望みは大したことじゃない。

おようも、自分に言い聞かせるように大きくひとつ頷いた。そういえばこの子もここ数年、里帰りをしていないのだったな、と思い起こす。

「梅若丸の塚、お参りさせていただけないかしら」

ぽつりとお艶が呟いた。おようが縋る目で弥生を見上げている。弥生は暫く考えて、ゆっくり首を横へ振った。

「今は御止しになったがいい。御内儀さんがまず手を合わせなきゃいけねぇ子は、梅若丸じゃなくて他においでだ。子の後を追った見ず知らずの母親より先に、近くでずっと御内儀さんを心配してくれてた娘さんを、まず哀れまなきゃいけねぇんじゃございやせんか」

初めに話を聞いた時、弥生はお艶を気の毒に思っていた。けれど『美原屋』に来てみて、考えが変わった。女房をまともに見ることができない主、自分のことを放ってまで、お艶を必死に気遣うおよう、お艶がおようにのめり込むほど、目を向けて貰えない、死んだ赤子。

お艶さえ娘の死と向き合えば、皆が救われる。弥生は、自分の母がそうしているように、お艶にも逃げずにいて欲しかった。

お艶が、傍らに寄り添うおようを見た。

「御内儀様」

おようが囁く。お艶の顔が、おようから合歓の木へ移った。

白と紅の花が、そよそよと夕の風に誘われ、揺れている。

細く長い息が、血の気の戻ったお艶の唇から洩れた。

「ちゃんと目を向ければ、お前はいつもそうやって、笑ってくれていたのにね」

お艶の涙が止まるまで、弥生はおようと共に静かに見守った。

お艶が、ゆっくりと合歓の花から目を逸らした。

「帰りましょうか。留守を頼んでしまった、あの楽しいお人が困ったことになっていたら、大変」

おようが目を見張り、滲んだ涙を隠しながら「そうですね、御内儀様」と受けた。

久し振りに外出をしたからか、思う存分泣いたからなのか、帰りの猪牙で、お艶は疲れた様子でおように凭れてうつらうつらし始めた。おようが小さな声で弥生に語りかける。

「驚きました。御内儀様はずっと御自分の中に閉じこもっていらして、誰かを気遣うことなんて、ここしばらくなかったから」

「そうですか」

弥生も静かに応える。

櫓の軋りと水の音に誘われるように、およう は続けた。

お艶は、表を酷く怖がっていたのだという。

——あれが、赤子を死なせた母親か。

すれ違う人々の何気ない遣り取りが、そう聞こえる。ちらりとあった眼が、責めているように見える。

そうして、家から出なくなった。

「私、お礼を言わなくちゃ。『松波屋』の皆さんにも、御隠居様のお名前を使って内緒の鐘ヶ淵行きを手配してくだすった方にも」

驚いた弥生に、おようは、うふふ、と娘らしい笑いで応えた。

「私には、いつも助けてくれる『誰かさん』がいるんですよ。弟の薬代が入用で、他の子たちより少し早く奉公に出なきゃならなくなった時、画(え)や本が好きな私のために、『美原屋』さんに口を利いてくだすったお人です。奉公を始めてからも、わざと文箱(ふばこ)を壊された時には新しい文箱、酷(ひど)く叱られた時には、値の張る金平糖(こんぺいとう)。小さな金平糖ならこっそり口に入れても、誰にも分からないでしょう。外出が出来なくなってからは、流行(はや)りの名所画を、沢山(たくさん)届けてくれた」

おようは、東雨のことをどれだけ知っているのだろう。小さな鈴を鳴らすように、おようはまた笑った。

「だって、甘いものがお嫌いな御隠居様が『金平糖』なんて、変でしょう。恐る恐る伺ったら、教えて下さいました。お前を見守ってくれているお人がいる。だから、ひねたり、くじけてはいけない。辛抱しなさいって。どこのどなたなのかは教えていただけなかったから、『誰かさん』なんです」

その『誰かさん』から届いた、流行りの名所画本、葛城東雨作『向島細見』の「綾瀬川の合歓」を見て、おようは隠居の前で泣いてしまった。子供の頃大好きだった合歓の木が懐かしかった。思い出をそのまま写し取ったような細かな花が、画の中でおようを励ましてくれているように見えた。

がんばれ。ほら、笑って。

おようが、目尻の涙を指で拭った。弥生が、そっと訊く。

「ばたばたしてやしたから、ゆっくり合歓の木見物が出来なかったんじゃあございやせんか」

およう は首を横へ振った。

「昔見たのとも、『向島細見』の画とも、そっくり同じでした。子供の頃、合歓を描こうとしていた絵師さんの邪魔をしてしまったことも思い出して、懐かしくて嬉しかった。御内儀様が喜んでくださいましたから、もう充分です。船頭さんには無理を言ってすみませんでした」

「御内儀さんの為じゃなく、おようさんご自身の願い事はねぇんですかい」

東雨に伝えてやりたくて、弥生は訊いた。おようは、迷っているようだ。

「いいから、言って御覧なさい。川の神様が叶えて下さるかもしれやせんよ」

「川の、神様」

「あっしらが、いつもお願いしてる神様です。今日も一日、手前ぇもお客さんも舟も仲間も、みんなが無事でありますようにってね。毎日叶えて下さいやすよ」

少し黙ってから、おようはぽつりと呟いた。

「『誰かさん』に会いたい。会ってお礼を言いたい。どうしてこんなに良くしてくれるのか、訊いてみたい」

叶うと、ようございやすね。

静かに応じた弥生に、おようは小さく頷いた。

六

未だに慌ただしさが収まらない『美原屋』へお艶とおようを送り届け、弥生は源太、啓治郎と共に『松波屋』へ戻った。滑稽な一人芝居を必死で続けた源太からは、宿へ帰りつくまで、散々泣きごとと文句を聞かされた。

しばらくして、『美原屋』から改めて礼が届いた。源太の笑い話からこちら、お艶が目に見えて明るく、落ち着いてきたのだそうだ。その二日後、東雨が『松波屋』を訪ねた。川面を渡る風が、秋の涼しさを纏い始めた頃だ。

『美原屋』の内儀と女中を鐘ヶ淵まで乗せた船頭を頼みたい。そう告げた東雨に、

「どこでどう、あの時のからくりが知れるか分からないから」と止める啓治郎を振り切って、弥生は猪牙(ちょき)を出した。東雨の厳(いか)めしい顔が、弥生を認めて驚きを浮かべる

「船頭さん、確か弥吉さん、だったね」

「へぇ。毎度ご贔屓(ひいき)に」

弥生が微笑むと、東雨も口許(くちもと)を綻(ほころ)ばせた。

「鐘ヶ淵まで頼む」

「承知しやした」

隅田川へ出ると、川面に白い波が立っていた。東雨が呟く。

「今日は、少し風が強いな」

「もう、秋でごぜぇやすから」

「それでも他の猪牙より揺れが少ない気がするのは、弥吉さんの腕だろうね」

「恐れ入りやす」

他愛(たあい)ない遣り取りの後、少し間(ま)を空けて、東雨が切り出した。

「私は『美原屋』さんの御隠居と懇意(こんい)にしていてね。骨の折れる仕事を頼まれてしまったとか。申し訳ないことをしたと、御隠居が詫(わ)びていたよ」

裏に「とんずら屋」が関わっていたことを『松波屋』も承知している。

東雨にそう思われては困るが、弥生はなんとかして、おようの「願い事」を伝えたかった。言葉を選びながら、告げる。

「おようさん、よく気の付く娘さんでございやした。実はあの合歓の木見物、どうも御隠居さんのお考えではねぇようでして」

「ほう」

東雨の声が微（かす）かに上擦（うわず）った。弥生は笑いを嚙（か）み殺して惚（とぼ）けた。

「『美原屋』さんに奉公の口を利いてくれたのを始まりに、ずっと御隠居さんのお名を使って、励ましたり慰めたりしてくだすったお人がいるんだそうで。そのお人がなんで名乗りでねぇのかは分かりやせんが、おようさんは会って礼が言いたい、なぜ良くしてくれるのか知りたい、そう仰（おっしゃ）っておいででした」

「きっと、そのお人はどう名乗り出ていいのか、分からずにいるのだろう。照れくさいというのもあるかもしれぬぞ」

あさっての方を眺めながら嘯（うそぶ）いた東雨に、弥生は言い足した。

「『合歓（ねむ）の木を描こうとしていた絵師さん』も、覚えておいででしたぜ」

うほん、と東雨が大きな空咳（からせき）をした。弥生は笑いを堪（こら）えるのに苦労をした。

「風が、随分と冷たくなってきたな」

ひっくり返った声で呟いてから、東雨はしんみりと、どこか嬉しそうに教えてくれた。

「次の藪入りには、およう さんにも久し振りに里帰りさせてやれそうだと、御隠居が言っていた」

「そいつは、よかった。ついでに願い事も叶えば、いいんですけどね」

長い間の後、波の音に紛れて、東雨から照れの色の濃い小さな答えが返ってきた。

——そうなると、いいな。

裏

「ほう。そうきやすか」

向かいに座った碁の相手が、楽しげに呟く。今日は、どうにも市兵衛の分(ぶ)が悪い。

「なんだい。逃げ場のない鼠を甚振(いたぶ)る猫みたいな目をして」

悔し紛れの悪態に、実直な男の顔が困ったように綻(ほころ)んだ。

「そいつは、ずいぶんな仰りようで」

「だって、楽しそうだよ」

いつもの通り、『浜乃湯』の二階での遣り取りだ。大工たちがやってくる頃合いにはまだ早く、他の客の姿はない。

負けが見えている勝負は、嫌いではない。相手が気を緩めた隙に一矢報いる、あわよくば形勢をひっくり返す時の胸がすく心地は、飛び切りだ。

けれど、今日はどうにも、その取っ掛かりさえ摑めずにいる。

「旦那らしくありやせんね」

じゃらじゃらと、碁石を手の中で弄ぶばかりの市兵衛に、向かいの男は人の悪い笑みの気配を消して、訊いた。

「『若旦那の皮を被った若様』が、気になりやすか」

ううん、とふざけた風に唸ってから、市兵衛も面を改める。

「ちょっと、買い被っていたかな、と思ってね」

――血は争えない。

進右衛門は、弥生にそう言ったのだという。酷く冷たい、皮肉の混じった声で。耳にしたのは他でもない、自分が信を置いている、この男――「とんずら屋」の「草」だ。勘違いや気のせいということは、あり得ない。

「もう少し曇りのない眼で、あの娘を評するのではないかと、踏んでいたんだけれど」

「まだ、そうと決まった訳じゃあございやせんよ」

応(こた)えない「元締め」に、「草」が静かに申し出た。

「とりあえずは、今より気をつけて、様子を窺(うかが)っておきやす」

「ああ、頼むよ」

返事をし、市兵衛は、当たり障りのない処(ところ)に石を置いた。

ぱちりと、硬く頼りない音が響いた。

両国橋（りょうごくばし）物語

宮本紀子

ガタリと音がした。男が樽の腰掛から立ちあがり、懐の巾着を取り出した。初老の男で、いつも夕七ツ（午後四時）過ぎ、お初が住み込みで働く米沢町の蕎麦屋にやってくる客だった。決まってかけ蕎麦を一杯食べていく。勘定を受け取ってこ

同じ住み込みで働くお加代が、お初の脇腹を肘で突いた。勘定を受け取ってこいというのだ。ちょっと強面の男をお加代は怖がる。だから、この男に蕎麦を運ぶのも、勘定を貰うのも、自然とお初の役目になっていた。年上という理由だけで、なにもかもこっちに回されたらたまったものではない。でもこれに関しては別に嫌ではなかった。男は大人しい客だった。いまもいつものように黙ってお初の手に銭を渡し、戸口へ向う。

「毎度ありがとうございます」

こっちもいつものように礼を言い、戸を開けてやり、顔にあたらぬように暖簾を割ってあげてやる。十月、立冬の冷たい風が吹いていた。すぐ近くに両国橋西詰めの広小路があり、そこの掛小屋から賑やかな太鼓の音が風に乗って聞こえてくる。

男は広小路のほうへ歩きだした。いつものように――そう思った。が、今日は違った。送り出した男は「姉さん」とお初を呼んだ。蕎麦を注文するときの、「かけ」という声しか聞いたことがなかったが、お初を呼んだ声は、低くて静かな声だ

った。

「なにか」

お初は店に入りかけた軀を男のほうへ戻した。勘定を多く貰いすぎたかと思い、さっき笊へ入れた銭を頭のなかで数え直した。男はお初のいる戸口まで戻ってくると店のなかへ目をやった。「あの客には気をつけろ」と、ぼそりと言った。

えっ、と男の視線を追った。店の隅の席にぽつりとひとり、女が座っているのに行き当たった。もう一刻（二時間）もいる客だった。注文した天麩羅蕎麦にも手をつけず、蕎麦も天麩羅の衣も汁を吸って丼鉢のなかで膨らんでいた。お初も気になっていた客だった。

けど、気をつけろって――。

「どういうことなんです」

訳を聞こうと振り返ったら、もう男の姿はなく、

「ちょっと、どこ行ったのよ」

通りを探せばいつものように、両国広小路のほうへ歩いていく男が既に小さくなっていた。

「すみませんねぇ」

お初のかけた声に、女ははっとして顔をあげた。

結局、店を閉める六ツ半（午後七時）になっても女の客はいた。高く結った髷の根元に、塗の三日月櫛を挿していた。櫛の棟には雁が列をなして飛ぶ、凝った意匠が施されている。着ている物も上物で、どこか裕福なお店のお内儀だろうと思われた。

「お口にあいませんでしたか」

訊くと女は首を振り、「ごめんなさい」と小さく詫び、店から暗い外へと出ていった。

「なんなのあれ」

お加代がぶつくさ言って蕎麦の丼鉢を片付け始めた。

お初はどうにも女が気になった。

「ちょっと見てくる」

そう言うと、お加代がとめるのもきかず表に出た。気をつけろと言った男の言葉が胸に引っかかっていた。幸い月が出ていた。淡く降り注ぐ光が女のうしろ姿を白くぼんやり照らしていて、遠目にもはっきり見えた。女はゆっくりした足どりで広小路のほうへ歩いていく。その後をお初は追った。女は掛小屋が大方片付けられた広小路を突っ切り、そのまま両国橋を渡り始めた。橋のたもとから少し離れた橋番所(しょ)から明かりが洩(も)れ、なかで男たちのどっと笑う声が大きく聞こえた。夜は六人いる橋番たちは誰も女に気づかない。お初は女の後を追いつづけた。とにかく橋を渡りきるまで。そう自分に言い聞かせて。

昼間は大勢の人が行き交いあんなに賑やかなのに、夜の橋は静かで寂しかった。川音だけが橋の下の暗い大川(おおかわ)から驚くほど大きく響き、這(は)いあがってくる。月明かりに浮かぶ橋板は、闇に向かって永遠につづくように思えた。

早く、早く渡って。

一心に念じているというのに、橋の中ほどより少し手前で、女の足はぴたりととまった。欄干(らんかん)を摑(つか)み、じっと暗い大川を見つめている。お初の胸はどきどき鳴った。気をつけろ。男の声が頭のなかでこだまする。

やめてよ、ちょっとやめて。早く橋を渡っちまって。

女は胸の前で手を合わせる。

ぐらりと女の軀が大きく揺れたのと、お初が走ったのは同時だった。下駄(げた)の音を大きく鳴らし橋を駆(か)け、

「おやめくださいまし」

女をうしろから抱きすくめた。

「放して、後生だから放してくださいまし」

女の力は思いのほか強く、お初の軀も暗い欄干の下へ持っていかれそうになる。

「誰か、誰かー」

お初は大声で人を呼んだ。

「た、助けてっ」

走ってくる足音が聞こえた。提灯（ちょうちん）の灯（ひ）が近づいてくる。

「どうしたんだ」

若い男の声がした。

「身投げよ」

これで助けられると、ほっとした。なのに、

「そいつはいけねえや」

男は、がばりとお初に抱きついてきた。

「な、なにやってんのよ」

「だって身投げだろ」

「あたしじゃないわよ。こっちの女（ひと）。見りゃわかるでしょ」

「ええっ、そうなの？」

「そうなのって、早くとめなさいよ」

その間も女は猶（なお）も川へ飛び込もうとする。

男はとめるどころか、「親父っさーん、身投げだってよぉー」と呑気に誰かに言っている。

「あんたねっ」

蹴飛ばしてやろうかと思った。と、そのとき、もうひとつ提灯が近づいてきた。

「やっぱりきちまったかい。姉さん、お手柄だぜ」

提灯が言った。明かりのなかで男がにっと笑う。

「あんたは」

いつも蕎麦を食べにくる、「気をつけろ」そう言ったあの男だった。

若い男の名はトク、そして常連のこの男は、源蔵といった。両国橋には東西の両詰めの橋番所のほか、橋の真ん中にも中番所といわれる橋番所がある。夜だけ二名の橋番がいて、俺たちはその中番所の橋番小屋に詰める橋番よ、とトクがべらべらとしゃべった。

小屋は畳一枚分ほどの狭さで、そのふちに腰掛けるように女を座らせた。

「なんで身投げしようとしたんだよ」

トクが無遠慮に訊いた。

「ちょっと」

お初はトクの袖を引っ張った。

「なんだよ、訳を聞かなきゃなんにもわかんねえだろ」

それはそうなのだが。

「四十過ぎにもなって……いい年をしてすみません」

女は謝った。乱れた髪が俯いた顔の前で川風に揺れている。

「いい年なのはお互い様。俺は二十五。親父っさんは五十だぜ。で、姉さんは？」

トクがまた無遠慮に訊く。

「なんであたしまで」

源蔵がお初をちらりと見、その目を女に向けた。女のために言えというのだろう。お初は溜息を吐いた。

「今年で三十」

「わっ、姉さんも結構いい年！」

「うるさいわね」

今度こそ、お初はトクの臑を蹴ってやった。

トクが痛がって飛び跳ねているのを横目に、源蔵は隠し持っていたのだろう、小屋のなかから酒徳利を取り出した。茶碗を女の手に持たせ、注いだ。

「話しやすくなるぜ」

女は茶碗の酒をじっと見ていたが、肯いて一口飲んだ。胸を押さえ、ふうっと息を吐く。そして「嫌んなっちまったんですよ」と言った。

女の亭主は女遊びが派手な男だった。商売はうまいし、道楽も若い時分だけだろう。そう思って女は辛抱して暮らしてきた。けど亭主の女遊びはいまもつづき、そんな父親を見て息子は、親父の女道楽はおっ母さんのせいじゃないのか、と言った。

「姑にもさんざん言われた言葉だったのに。息子に言われたらもういけない。ぽきりとなにかが折れちまったんですよ」

女は話し、袂で顔をおおった。

お初は女の前の橋板に膝をつき、その背を擦った。細かく震える女の肩を見ているうち、無性に腹が立ってきた。

「死んじまうぐらいなら、そんな家、出ちまえばいい」

気づけば言っていた。

「あたしは出てきましたよ。いい年をしても、女ひとり、なんとか食べていけるものですよ」

「理由はなんなのよ」

大人しくしていたトクがまたずけずけと訊く。

「わたしも知りたい」

女が縋るようにお初に目を向けた。

お初は横に立っている源蔵を見あげた。源蔵はふっと笑って、お初にも酒の入った茶碗を差し出す。なんて夜なの、まったく。お初は茶碗を奪うように受け取ると、酒を一口、二口、つづけて喉に流し込んだ。濡れた唇を手の甲で拭い、

「あたしは――」

川のうえにぽっかり浮かぶ月を見つめた。

夫婦になってくれと望まれて一緒になった男だった。小さいとはいえ、表通りに店を構える瀬戸物屋の跡継ぎだった。好いていたかと問われれば、いまもわからない。それよりも、父親を早くに亡くし、母一人子一人で育ったお初は、これでおっ母さんに楽をさせてやれる、その思いのほうが強かった。けど楽をさせてやれるどころか、母親が寝込んだと同じ長屋の女房が知らせに来ても、看病にさえ行けなかった。もううちの嫁なんだから。姑はそう言って、いましなくてもいい用事をお初に言いつけた。お前さん、半日、いや、一刻でいいんです、行かせてくださいな。そう亭主に頼んでも、おっ母さんがなぁ、と困った顔をするばかりだった。

「嫁に行ったからって、親は減るもんじゃないんだ。増えるんだよ。それがなぜわ

からない。そんなことを喚きちらして、店の瀬戸物を手当りしだい叩き壊して、あたしは家を飛び出しちまいましたよ。あたしは亭主より母親を選んだんです」

「で、おっ母さまは」

女が言った。

「二年前に逝ってしまいましたよ。あたしに詫びてね。ひとりになったあたしはなんだか腑抜けになっちまいましてね、食べるものといえば誰かさんと一緒でいつも同じもの。あたしは茶漬けでしたけどね。長屋の差配さんが心配して、住み込みで働けるいまの蕎麦屋を世話してくれたんですよ」

ですからね、とお初はぼやけかけた月から目を女へ戻した。

「家なんて出ようと思えばすぐに出られるもんなんですよ。でもねお内儀さん、それではあんまり悔しいじゃありませんか。だからあたしみたいに暴れておやんなさいまし、言いたいことを怒鳴ってやんなさいまし」

「そんな……」

女は再び俯く。

くつくつと声が聞こえた。源蔵が可笑しそうに笑っていた。

「なら、ここでいっちょ稽古をつけてみますかい。川に向かって腹に溜まっていることを大声で叫んでごらんなさいやし」

源蔵は言った。

女は驚いて目を大きく瞠(みは)った。

「でも……」

「なあに、どこにも届きはしねえ。川風がみんな吹き消してくれやすよ」

「やる、俺やる」

トクが飛び跳ねる。欄干を摑み、川に向かって大声で叫んだ。

「お喜代(きよ)ちゃん大好きだよぉー」

がくりときた。

「誰よそれ」

「軽業師(かるわざし)のお喜代ちゃん。めっぽうかわいいんだぁ」

軀をくねらせ、でれでれと言う。

「ほら、姉さんの番」

「あ、あたしも？」

もう自棄(やけ)だ。お初は立ちあがると月を見あげて叫んだ。

「おっ母さん、あたしは幸せですよぉ」

「わ、わたしも言います」

女は茶碗の酒を一気に呷(あお)り小屋から出た。川に向かい、欄干を摑むと、

「あのひとの女道楽をわたしのせいにしないでちょうだい」と叫んだ。

「あんたたちの息子や父親がものすごく好色なのよー」

声はどんどん大きくなる。

「お前さんもわたしが大人しくしてるからって、いい気になってんじゃないわよ。このすっとこどっこいの、スケベ親父ぃー！」

うほほ、とトクが手を叩いた。

「スケベ親父だってよ」

お初も堪らずぷーと噴いた。

「あーすっきりした」

女も腹を抱えて娘のように、ころころ笑う。

「な、死ぬことが馬鹿らしくなっただろ」

源蔵も笑っている。

「またなんかあったら、ここにきな。ここにきてまた叫べばいい」

女は肯いた。滲んだ涙を拭って、月を見あげた。

「また今夜も行くの？」

湯桶を持って店の裏口から出ると、一緒に出てきたお加代が呆れ顔で言った。

あの日からお初の暮らしは少し変わった。店を閉めた後、湯屋の行きがけに橋番をしている源蔵の許を訪ねるようになった。身投げしようとした女がどこの内儀か聞かずに帰したが、また泣いて来てやしないかと心配だった。それに女が来ないか待っている間、源蔵と話すのが楽しかった。話すといっても今日一日にあったことをお初が一方的に話し、源蔵は時々そうか、と相槌を打つだけなのだが。

お初はお加代と別れ、まだ開いている店の、道に零れる明かりを頼りに橋に向かった。橋を渡り始めるとき、お初の胸は一番どきどきする。中番所の小さい灯が見えると走り出したくなる。そして番小屋に源蔵がいると——。

「源ぇーんさん」

小屋を覗き、声をかけた。

「なあーに」

トクがいた。

「姉さんかわいい。親父っさんにはそんな顔すんのぉ」

こいつは……。

「でも俺のお富士ちゃんには負けるけどね」

「お富士って誰よ」

「楊弓場のお富士ちゃん。かっわいいんだぁ」

「お喜代ちゃんはどうしたのよ」

「あれ？　あれはもういいの」

まったくこいつは……。

「親父っさんならあそこだぜ」

トクは数間先の暗い橋のうえを指さした。

「じゃあ、ごゆっくり」

と提灯片手に見回りに出かけた。

お初はトクが指さしたほうへ近づいていった。下駄の音に気づいてか、「よう」と源蔵の声がした。

「どこ」

お初には暗闇のなか、源蔵がどこにいるのかわからない。

「ここさ」

思いのほか近くから腕を引っ張られた。その拍子にふっと源蔵の匂いがした。

暗闇に目が慣れると、源蔵が欄干にもたれ、川下のほうを向いているのがわかった。お初も横に並んで同じほうを眺めた。川の両岸の町屋の灯がちらちらと瞬いている。突然ギィと音がした。橋の下を屋根船が流れにのって通り過ぎていく。船頭が漕ぐたび、櫓が軋む。それに混じって三味線の爪弾く音が小さく聞こえる。それも船の明かりが遠のくとともに消えていった。

「きれえねぇ」

ほうっと溜息が零れた。

「でも寒いわね」

十月も半ばだった。日々寒さは増していた。夜の吹きさらしの橋のうえは更に寒く、身に堪えた。

「源さんは寒くないの？」

「なあに、もう慣れっこだ」

源蔵は夜の川を見つめたまま鼻を鳴らした。

もう暮れ六ツ（午後六時）もとっくに過ぎたというのに、この日、源蔵はまだ蕎麦屋に来なかった。こんなことは、はじめてだった。

お初は店の表に出た。夕方の、人が忙しなく行き交う通りを右に左に見、源蔵の姿を探した。そんなことをもう何度もくり返していた。風が今日は一段と冷たい。

「そんなに気になるんなら見てきたら」

表に出てきたお加代が、おお寒っ、と腕を擦りながら言った。

「店の旦那には、あたしからうまく言っとくから」

ほら早く、と背を押され、お初は橋へ走った。

息せき切って中番所に行き、小屋を覗くと知らない男が座っていた。姉さん、と声がした。振り返ったらトクが立っていた。

「源さんが今日は蕎麦を食べにこないのよ」

お初が言うと、トクは肯いた。

「親父っさんなら風邪で寝込んじまってるよ。いましがた長屋に様子を見に行ってきたんだけどよ、寝床でうんうん唸ってた」

頭のうしろがちりちりした。なにが寒さはもう慣れっこだ、よ。

「どこの長屋よ」

「へ、行くの？」

「薬を飲まなくっちゃ。それになにか食べさせないと」

治るものも治らない。

「でもよ、なんか食べさせるっていったって、親父っさん家は鍋も七輪もないんだぜ。あるといえば酒徳利だけだ」

あきれた。

「だったら買ってきてよ」

「いいけどよう」

トクは空っぽの巾着を振った。

「んもうっ」

お初は懐から紙入を取り出し、トクに握らせた。

「で、源さんの長屋はどこよ」


冷たい手拭を額にのせる。源蔵が細く目を開けた。

「お前え、どうして……」

「どう具合は？　お蕎麦だけど食べられそう？」

七輪にのせた小鍋に蕎麦の汁が温まっていた。

ここに来がけに蕎麦屋に戻り、店の主人に事情を話した。看病に行かせてほしいと頼むお初に、主人はいい顔をしなかったが、お初があんまり真剣に頼むので根負けしたのか、わかったよと肯いた。店をやめるなんて言われたら困るからなと笑い、食べさせてやれと蕎麦を持たせてくれた。

お初は源蔵の背を支え、布団のうえに半身を起こしてやった。

「ちょっと待っててね」

七輪の火を強め、小鍋の蓋を開ける。蕎麦を入れ、葱を入れ、蒲鉾を入れ、うえから玉子をぽとりと落とした。玉子の淵が白く固まり始めると丼鉢によそい、箸と一緒に盆にのせ、源蔵の膝のうえに置いた。

「トクさんがいろいろ用意してくれたのよ」

「トクが……」

「ほら、食べて」

源蔵は肯くと蕎麦を啜った。

「おいしい？」

「ああ」

「たまには『かけ』じゃないのもいいでしょ」

お初はふふっと笑う。源蔵もへっと笑った。

にゃーと鳴き声がした。

声のしたほうへ目をやれば、腰高障子の板の割れ目から白い猫が顔を覗かせていた。

「あら」

お初は源蔵に目を戻した。

「しろってんだ。そこの隙間から入ってくるようになって、勝手に住み着きやがった」と源蔵は首をすくめた。

「おい、しろ、お前ぇどこ行ってやがった」

「おなか空いてるかしら」

お初は小皿に蒲鉾を千切り、土間に座っている猫の前に置いてやった。

「あら食べたわ。明日はもっといいものを持ってきてあげる」

「明日って。お、おい」

源蔵は戸惑った顔をお初に向けた。


お初は仕事の合間をぬって長屋に行き、源蔵を看病した。

滋養のあるものをせっせと拵え、食べさせたかいもあって、源蔵の熱は三日目にはだいぶ下がり、四日目の今日は自分で布団のうえに起きられるまでになった。

「よかったわねぇ」

源蔵の汗に汚れた髪を梳き、髭をあたってやりながら、お初は安堵の息を吐いた。なのに源蔵は、膝に寝ているしろを撫でながら、「この分じゃ、明日には小屋に詰められるな」などと言うものだから、

「なに言ってんのよ。だめよ」

お初は驚いて持っていた髭剃りの刃を振りあげてしまった。

「お、おい、危ねえなあ」

「ごめんなさい。だって、まだ無理よ。……ねえ、橋番をやめたらどう」

源蔵の世話をしながらずっと考えていたことだった。

「これからもっともっと寒くなるわよ。橋のうえだもの、そりゃもう、うんと。雪だって降ってくるし」

「俺ぁ、やめねえぜ」

源蔵はきっぱり言った。

「でもっ」

「俺ぁよ、あの橋が好きなのよ。あの橋のうえから見る景色がたまらなく好きなのよ。なぁ、お前ぇも見たろ。夜のあの橋のうえからの川をよ、町をよ」

「ええ、静かで、とてもきれえだった」

「だろ、だからそんなこと言わねえでくれよ」

「でも心配なのよ。だってあたしは……」

お初は源蔵を見つめた。源蔵もお初を見る。

源蔵の頰をお初はそっと撫でた。指先に剃り残っている髭がちくちくあたった。

「あたしは……」

指は頰から源蔵の唇へと触れる。

「あたしは……」

「お初っちゃんいるかいっ」

突然外から声がした。返事をするより早く戸が開いた。夕陽と一緒に入ってきたのは隣に住むお勝だった。

「源さんの寝巻き、乾いてたから取り込んでおいたよ」

お勝は上り框にどかりと座ると、寝巻きの浴衣をぽいっと板間に投げた。

「まあ、おばさん、ありがとう」

「おや、髭をあたっていたのかい」

「ええ」

「それにしても、きれえになったもんだ」

お勝は家のなかをぐるりと見回した。お初が看病の合間に掃除もしたお蔭で、部屋は見違えるほど小綺麗になっていた。

源蔵の膝のうえでしろがふわぁーと欠伸をした。

「おや、しろ、お前そこにいたのかい。なんだか毛並みがよくなったんじゃないのかえ。まあ、毛並みがよくなったのはお前さんだけじゃないけどねぇ。飼い主のほうがよっぽどよくなったみたいだよ」

お勝は源蔵を見てにやりと笑い、「おじゃまさまっ」と出ていった。

戸が閉まるとまたお勝の声が聞こえた。

――源さんとこ？　やめときな、いまお取り込み中だよ。

――おや、まだ陽があるっていうのにかい。

――若い娘と付き合うとたいへんなんだよ。

――やだよもう。

ひゃははは、と路地に派手な笑い声が弾けた。

「やだ、おばさんたら」

お初は頬を赤らめた。

「あの婆ァ、ぶん殴ってやる」

源蔵は拳を握り締め、だっと立ちあがった。その拍子に、しろがびっくりして飛び退いた。

「ちょっと、やめてよ」

お初は髭剃りの刃を脇の小桶の水に投げ入れ、源蔵の腕をとった。

「また熱がでちゃうわよ。座って、ねっ、お願いだから座って」

「お前えはあんなこと言われて嫌じゃねえのかよ」

源蔵はお初を見おろし怒鳴った。

「あたしは平気よ」

「俺ぁ嫌だ。若けえ娘が俺のせいであんなこと言われてよ」

「なにも源さんのせいじゃないわよ」

とにかく座ってと、お初は源蔵の腕を布団へ引いた。

源蔵は布団にどすりと胡坐をかくと、項垂れた。

逃げていたしろが戻ってきて源蔵の膝へのる。

「お前ぇ、もうここには来るな」

束の間、黙っていた源蔵がぼそりと言った。

「お前ぇはまだまだ若けえ。こんな所に来てちゃいけねえんだ」

「なに言ってんの。ほら、顔をあげて」

お初は笑って小桶のなか剃刀をまた持ち、源蔵の顔に手を伸ばした。だが源蔵は
お初の手を邪険に払い、剃刀を奪うように取った。

「ひとりでできる。帰えれ！」

「源さん……なら今日は帰りますよ」

お初は土間におりると下駄を履いた。

「夕飯には魚が焼いてありますからね。しろにも身をむしってやってくださいな。

ああ、骨に気をつけてやってくださいよ」

源蔵はじっと俯いたままで、こっちを見ようともしない。

「また明日来ます」

お初は長屋から出、そっと戸を閉めた。

外はもう薄暗かった。煮炊きの匂いが濃い路地から表通りへ出ると、米沢町の蕎麦屋へと歩いた。

針に通した糸を扱いていたら、寝床のなかのお加代が行灯の明かりに目を細めた。

「まだ寝ないの」

「ごめんなさい、眩しかった？」

ううん、とお加代は首を振った。こっちへ寝返りを打ち、「もうすぐ出来上がるわね」とお初の膝にある半纏を見た。

藍染の細縞の半纏が広げられていた。お初が古手屋で見かけ、源蔵によく似合うだろうと買い求めたものだ。洗って新しい綿を入れ、仕立て直しているところだった。

「なんだかうらやましい」

お加代が言った。

「うらやましい？」

お初は針を動かす手をとめ、お加代を見た。

「だってすごく楽しそうなんだもの」

「そう？」

「顔が笑ってる」

「あらっ」

お初は頬に手をあてた。

「源蔵さんがほんとうに好きなのね。でもそれって男として？」

訊かれ、お初は言葉に詰まった。

じっと俯いたままの源蔵の姿を思い出す。

「お加代ちゃんは好いたひとはいないの？」

お初は今日の出来事を振り払うようにお加代に訊いた。

「いない」

お加代は素っ気無く答えた。

「どんなひとが好きなの？」

そうねえ、と大きな目を天井に向けたお加代だったが、すぐに、

「ばりばり働いて、どんどん稼ぐひとかしら」と言った。

ぷっとお初は噴いた。

お加代も、くくくっと笑う。

風が雨戸をがたがたと揺らした。遠くでピーと按摩(あんま)の笛が鳴っている。

「おやすみなさい」

お加代が軀を戻し、布団を顎(あご)まで引きあげ目を閉じた。

「おやすみ」

お初は灯芯(とうしん)を小さく絞(しぼ)り、再び針を動かした。

　次の日、まだ朝の早い時分に、お初は源蔵の長屋へ急いだ。

胸には出来上がったばかりの半纏を抱えていた。

誰もいない長屋の路地を源蔵の家へ駆けてゆくと、

「源さんおはよう」

元気よく声をかけた。明るく振る舞おうと決めていた。戸を開けて極上の笑顔で笑うんだ。出来上がった半纏を見せ、着せて、似合うねえ、とまた笑う。そしたら昨日のことなんか吹き飛んでしまう。

「おう」

なかで声がした。お初はがらりと戸を開けた。

「源さん」

呼んだのに、笑おうとしたのに、振り向いたのは知らない若い男だった。こっちを見て、はにかんだように男は笑い、頭を下げた。お初もつられて頭を下げる。

と、部屋の隅で布団を畳んでいた源蔵が立ちあがった。

「源さん、もう起きてもいいの？」

源蔵はお初に答えず土間におりてくると、ちょうどよかったとお初を男の前へ押しやった。

「この娘さんがお前さんに話していたお初さんだ。こんな年寄りを親身になって看病してくれる、今時珍しい心根の優しいおひとだ」

源蔵は男に言うと、今度はお初のほうを見た。

「こちらは多平(たへい)さんと言いなすってな、腕のいい大工さんだ」

「源さん、そりゃあ言い過ぎってもんだ」

男は照れてた。

「なに、本当のことさ。独り立ちしてえのに、親方が放してくれねえんだろ」

源蔵はお初を見た。

「この多平さんはよ、毎夕、仕事場の深川(ふかがわ)から両国橋を渡って戻ってきなさるのよ。そんとき橋番小屋に詰めている俺にも声をかけてくれてよ」

「この三、四日、親父っさんの姿が見えねえもんだからよ」

男がお初に言った。

「おうよ。で、心配してくれてよぉ、俺の塒をトクに聞いて、昨日の夜わざわざ訪ねてきてくれたのよ」

「昨日は楽しかったなぁ」

男が源蔵に笑った。

源蔵も肯いた。

「ふたりで酒を酌み交わしてよ、いろいろ話したのよ。多平さんは優しい、気持ちのいい男でよ。年もお前ぇと同じだ。なのにまだ独りときてる。だから俺は思った、ああこんな男がお前ぇの連れ合いになってくれたらいいのによ、ってな」

「源さん、なに言ってんのよ」

お初の顔が引きつった。

「まあ聞けって」

源蔵はお初に熱っぽくつづける。

「だから俺は多平さんにお前ぇのことを話したのよ。一度会ってやってくれねぇかって。多平さんは肯いてくれてよ。だったら善は急げだ。朝、仕事に出かける前にもう一度来てくれって頼んでよ。頼み通り来てくれたもんだから、いまからお前ぇのいる蕎麦屋へふたりで行こうとしていたところなのよ。そしたらお前ぇが来たじゃねえか。俺は思ったよ。こいつは縁があるって」

な、なっと源蔵は多平を見、お初を見た。

「ああ、ふたりはお似合いだぁ。きっといい夫婦になる」

源蔵は何度も何度も肯く。

多平が照れ臭そうに小鬢を掻き、ちらりちらりとお初を見る。

「そう……」

わかった。よおっくわかったわ。

お初の胸のうちがすうっと冷えていった。

「ならそうするわ」

お初は持っていた半纏を源蔵に押しつけると、多平の腕を取った。絡みつくように軀を寄せ、源蔵に向けたかった極上の笑顔を多平に向けた。

「行きましょ」

店の戸を開けると表通りは濃い朝靄に覆われていた。

十一月の一の酉の日から、雪がたびたび降るようになった。

昨夜は降らなかったが、星のきれいな底冷えのする夜だった。そんな翌朝は決まって朝靄が濃かった。きっと大川から流れてくるのだろう。

お初は手桶の冷たい水で雑巾を絞り、店の格子窓を拭き始めた。細い格子を上から下へ拭くたびに、白い息がきんと冷えた空へ流れた。

「あらあら、こんなにお手てを真っ赤にして」

男の声がしたかと思うと、ひょいと手を握られ、はあーと温かい息を吹きかけられた。ぎょっとしたお初に、にっと笑った男は、

「姉さーん、お久しぶり」

トクだった。

こいつは……。

でも笑えた。懐かしかった。

「仕事の帰り？　お疲れ様。寒かったでしょ」

「おや、優し」

「あたしはいつも優しいわよ」

トクは、またまたぁーと笑った。

「でも元気そうでよかったよ。姉さんが小屋に来なくなって、こっちはすごく寂しいけどよ」

「あんたにはお富士ちゃんだっけ、いるじゃない」

「いまはお亀ちゃん。もう、すっごくかわいいの」

こいつは……。でもやっぱり笑えた。

源蔵とは、多平と会わされたあの日から会っていない。トクの言うように番小屋にも、長屋にも行っていない。源蔵もあの日以来、店に蕎麦を食べに来なくなった。

会わなくなってもうひと月近くになる。

「ほら、どいたどいた」

お初は格子に寄りかかっているトクを押し退け、また拭き掃除を始めた。

「なあ、親父っさんのことは訊かねえのかよ」

トクはお初にまとわりつく。

「親父っさんにも俺言ったんだ。姉さんが来なくなって寂しくねえのかよって。そしたら親父っさん、寂しくなんかねえと言いやがる。これでいいんだって。けどよ、そう言いながら姉さんから貰った半纏を大事そうに着ていやがるんだぜ。懐にしろを抱えてよ」

「しろを」

お初の手がとまった。

「おうよ、風邪でずっと家にいたせいで、ひとりになるのを嫌がるようになりやがったって親父っさんは言うけどよ、ひとりになるのが嫌になったのは手前(てめ)えだっちゅうの。そういうのを寂しいって言うの。なんでわかんねえんだよ」

トクは息巻く。だがすぐにしゅんとして、お初に言った。

「なあ、また顔を出してくれよ」

お初は首を振った。

「もう嫌いになったのかよ」

「まさか」

お初は、また首を振る。

「夜、橋を渡るときね、胸がどきどきしたわ。小屋の小さな灯が見えてくると走り出したくなるのよ。そして源さんの姿を見つけると泣きたくなるの。ほっとするのよ。あたしがあたしのままでいられるのは源さんの前だけだもの」

「だったらっ」

「……」

「どうして。俺わかんねえよ」

「トク……ごめん」

お初が謝ったときだった。

「待ちやがれっ！」

朝靄のなかで男の怒鳴り声が聞こえた。広小路のほうからこっちへ近づいてくる。女の悲鳴も聞こえる。

どんどん近づいてきたかと思ったとたん、靄から男と女が飛び出してきた。それを追う男もひとり。

「話を聞いてくれ」

そう言って逃げる男は多平。立っているお初に気づき、

「助けて」

叫んだ女は、お加代だった。

そしてふたりを追っている男は、

「待ちやがれって言ってんだ！」

源蔵だった。

お初は驚いた。トクも目を丸くしている。

「お初さん、助けて」

多平とお加代が走ってきた。

息せき切ってやってきたふたりは、お初の胸に飛び込むように縋りついた。

「どうしたのよ」

蒼い顔のふたりに事情を聞こうとしていると、源蔵が荒い息を弾ませてお初の前に立った。

ふたりは「ひっ」と悲鳴をあげ、お初の背に隠れる。

お初はふたりを庇うように源蔵の前に立ちはだかった。

「一体どうしたっていうのよ」

訊くと源蔵は血走った目を多平に向けた。

「こいつはな、その女と連れ込み宿から乳くり合って出てきやがったんだ！」

源蔵は「この野郎ッ」とお初の背に隠れている多平の胸倉を摑んだ。

「お初を裏切りやがった奴は容赦しねえ！」

源蔵は、多平を思いっきりぶん殴った。

朝の道に多平がごろごろ、と転がる。

源蔵は痛みに低く呻く多平をまた摑むと、猶も殴ろうとした。

「やめてっ」

お初は叫んだ。

「放してよ」

多平から源蔵の手を振りほどき、ぎっと源蔵を睨んだ。

「どうしてだ、この男はお前ぇを裏切ったんだぞ」

源蔵はお初に怒鳴った。

だがお初は源蔵に怒鳴り返した。

「多平さんにお加代ちゃんを会わせたのはあたしよ」

「なんだと……」

源蔵は呆然とお初を見た。

「……どうしてだ」

「だって、お加代ちゃんのほうが多平さんとお似合いだもの」

「けど、俺はお前ぇのために」

「やめて」

「けどよ、お前ぇはまだ若けえんだ。だから俺は」

やめて、とお初はくり返した。

「やめてよ。ねえ、何様のつもりなの？　父親のつもり？」

ならいらない、とお初は告げた。

「あたしにお父っつぁんはいらない」


その夜、お初は湯桶を抱えると、ひとりで店の勝手口から外へ出た。とたんに冷たい風が吹きつけ、軀がぶるりと震えた。まだ開いている店の、道に零れる明かりを踏みながら湯屋へ急いだ。が、ここを曲がれば湯屋という角で、お初は立ちどまった。真っ直ぐ行けば広小路だった。そしてその先に両国橋があった。早く湯屋へ。そう思うのに、足をゆっくり広小路へと進めた。そのまま暗く、がらんとした広小路も突っ切ると、両国橋のたもとでとまった。橋詰めの橋番所から明かりが洩れている。けど、なかからはなんの音もしない。辺りはただただ静かだった。

静かな夜のなか、目の前に両国橋がのびていた。お初は橋に向かってまた歩いた。一歩、二歩、三歩。そして最初の橋板に足を踏み出したとき、遠く橋のうえに提灯の小さな灯がひとつ揺らいだ。右に左に揺れながらこっちへやってくる。段々近づいた灯は暗闇に持ち手を浮かびあがらせた。源蔵だった。

灯はますます近づき、お初の顔も浮かびあがらせた。そこで源蔵もお初に気づいたらしく、ぴたりととまった。そのままじっと立っている。お初は源蔵を見つめた。源蔵もお初を見つめている。ヒューと甲高(かんだか)く風が鳴った。カーン、カーン、と木戸番(きどばん)の拍子木(ひょうしぎ)の音がする。ゆらりと提灯の灯が揺れた。と、源蔵の足許でなにかが動いた。小さい灯に照らされたものは、しろだった。しろは、にゃーと鳴いてとことことやってくると、踏み出したお初の足に擦(す)り寄った。

「しろ、久しぶりね。元気だった？」

頭を撫で、顎を撫でてやる。しろは気持ちよさそうに目を細め、ごろごろと喉を鳴らす。ふっと手許が暗くなった。しろから顔をあげると、提灯の灯が反転していた。黒い背は、また橋の向こうへ戻っていく。

お初はもう一度しろの頭を撫で、その身を橋のほうへ押しやった。しろが灯を追っかけるように戻っていく。そして、しろも提灯の灯も、お初の前から消えた。夜のなかに橋だけがのびている。

お初は橋板に踏み出していた足をそっと引き戻した。そのまま踵(きびす)を返す。広小路へ、そして湯屋に向かって歩いた。

湯屋への曲がり角を折れたとき、頰に冷たいものが触れた。見あげた暗い空から雪が舞い落ちてきた。

その雪がもう三日も降りつづいていた。

夕方の蕎麦屋は客でごった返していた。仕事帰りの職人や、広小路で遊び疲れた見物人たちが、凍えきった軀を温めようと熱い蕎麦を洟(はな)を啜って食べていた。

いいかい、とまた二人連れの客が入ってきた。

「おいでなさい」

お初は客を迎え、空いている席へ案内した。なにになさいます、と注文を聞く。

「そうだなぁ。蕎麦の前に熱いのを一つ貰おうか。寒くてかなわねえ」

「お前もお戻り」

職人風の男たちは、くいっと酒を飲む仕草をした。お初は笑って肯く。男たちはすぐに「けどよぅ」と話に夢中になった。

「さっきの喧嘩はすごかったよな」

「おうよ、ごろつきに袋叩きにされていたよな」

「あの男も説教なんかせずに、大人しくしてりゃよかったんだよ」

「橋番だろ、あれ。大丈夫かな」

熱燗一丁──と言いかけた声がとまった。

「あの、いまなんて」

男たちの話にお初は割って入った。

「なにが」

客の男のひとりが怪訝そうにお初を見た。

「橋番がどうとか……」

「おうよ、袋叩きにされていたのよ」

お初の胸がどくりと鳴った。

「どんな橋番でした？」

喉がからからに渇いていった。

「どんなって」

「若い橋番でしたか」

早口になる。客の男が連れの男を見た。

「若くは――なかったよな」

「ああ。いい年の親父だったぜ」

「橋のちょうど真ん中へんで倒れちまってたよな」

男たちは肯き合う。

目の前が真っ白になった。

「お初さんっ」

肩を揺すられた。はっと我に返ると、お加代が心配げにお初の顔を覗き込んでいた。

「行っておいでよ」

お加代は言った。話を聞いていたらしい。

「けど……」

客は次々とやってくる。

「大丈夫だから。あたしにまかせて」

お加代はぽんと胸を叩いた。

釜場の湯気(ゆげ)の向こうで、店の主人も行ってこいと顎(あご)をしゃくっている。

「すみません」

お初はふたりに頭を下げると、客の間をすり抜け、ぱっと表に飛び出した。

雪はやんでいたが夕闇が迫っていた。とけた雪でどろどろの道をお初は走った。

どうしよう。でもまだそうと決まった訳じゃない。

お初は震える息を飲み込みながら、自分に言い聞かせた。

大丈夫。大丈夫……。

着物に泥を跳ねあげ、お初は走る。

両国橋に来た。とにかく中番所へ――。

「姉さんっ」

声が飛んできた。橋詰めの橋番所からトクが、こっちこっちと手を振っていた。

番所に入ると四、五人の男たちが振り返った。みんな橋番らしかった。その男たちの向こうに男がひとり寝かされていた。

トクに促され近寄ると、板間に敷かれた布団に横たわっているのは源蔵だった。

顔といい、腕といい、足といい、見えるところはみな、痣(あざ)だらけだった。特に顔はひどかった。目の周りに青痣ができ、口は切れ、下唇が大きく腫(は)れあがっていた。

あまりの姿に、お初は源蔵の傍(かたわ)らにへたり込んだ。

「当分痛みはあるだろうけど、骨は折れてねえってよ」

教えてくれるトクの声にも返事ができなかった。

どうしようもなく怒りが湧(わ)いた。

「なにやってんのよ！」

源蔵に怒鳴った。

「なにやってんのよ」

ばし、と源蔵を叩いた。

うっ、と源蔵が呻く。

「お、おい」

橋番の男たちが目を剝(む)く。トクだけが、けらけら笑っている。

「いいの、いいの」

ほら出ようぜ、とトクは男たちを外へ連れ出し、そっと番所の戸を閉めた。

ふたりきりになると、お初の軀から力が抜けた。

「どんだけ心配したと思ってんのよ」

ぼろりと涙が零れた。

「いいから……。お父っつぁんでいいから。娘でいいから、むちゃしないで。そばにいてよ。お願い」

お初は顔をおおって泣いた。

「悔しかったんだ」

源蔵が呟いた。

見ると源蔵は、じっと真上の梁(はり)を見つめていた。

「雪掻きを終えた橋のうえに、あいつら団子の串を投げ捨てやがった。拾えと言うと、お前が拾えと笑いやがる。かっと頭に血がのぼって、捨てた串をあいつらに叩きつけてやった。無性に腹が立ったんだ」

「気持ちはわかるけど……」

源蔵は首を横に振った。

「腹が立ったのは串を捨てたからじゃねえ。あんなどうしようもねえ奴らが俺の持っていねえもんを持っていやがる」

源蔵はひとつ息を吐くと、「若さよ」と言った。

「その若さをよ、みすみす無駄(むだ)にしていやがる。そう思うとよ……。悔しかったんじゃねえな。俺ぁ、羨(うらや)ましかったんだ。望めばお前ぇみてえな女を女房にすることだってできるあいつらがよ」

「源さん……」

源蔵は梁からお初に目を向けると、ふっと笑った。

「俺ぁ、お父っつぁんにはなれねえよ」

源蔵は布団から半身を起こした。呆然としているお初にそっと手を伸ばし、

「俺ぁ、お前ぇのそのぷっくりしたほっぺたを、ずっと触りてえと思っていたんだからよ」

涙で濡れたお初の頰を指先で撫でた。

「ずっとずっと、お前ぇをこうしたかった」

お初をぐいっと胸に抱き寄せた。

「お前ぇはしろと一緒さ。隙間から俺んなかへするりと入ってきやがった」

「あたしは猫？」

お初は源蔵の胸で笑った。頰に顔を寄せ、髭がちくちくして痛いわ。そう言ってまた笑った。笑いながら新たな涙が溢れた。

「ねえ、ずっとそばにいて」

目をつぶり、「お願いよ」と源蔵の背をぎゅっと握った。

「ああ、約束するぜ。ずっと一緒さ」

「ずっとずっと。大川の川開きのときも」

源蔵は、そいつぁーと困った声を出した。

「川開きの日は、橋番の一番忙しいときよ」

「…………」

「お初、俺は橋番しかできねえ男よ」

「……わかってる」

「ありがとよ。けどな、俺ぁ、花火が上がればお前ぇと一緒に見てる。そう思うぜ。橋のどこにいてもよ。いつも、どこにいてもお前ぇと一緒だってよ」

それじゃあだめか、と源蔵は訊いた。

「ううん。それでいい。それでじゅうぶん」

お初は源蔵を抱きしめながら言った。源蔵に抱きしめられながら、それでいい。じゅうぶんよ。何度も何度も肯いた。

どん、と大きな音を轟かせ花火が上がった。金色の光の筋が瞬き、両国橋のうえにいる大勢の人々を夜から浮かびあがらせると、川風に流れ、消えていった。周りから、おおっと歓声が聞こえる。

「きれいね」

お初は胸に抱いているしろに笑った。

人でごった返す河岸の通りの端にひとり立ち、お初は花火を見あげていた。源蔵を思って。なのに源蔵は――。

源蔵は橋にはいなかった。東西の橋詰めの番所にも。どこにも。

源蔵は、年が明け、梅がもうすぐ咲こうかという時分に、突然ひとりで逝ってしまった。

あの日――。

「姉さん、親父っさんが川に流された」

ずぶ濡れになったトクが、お初のいる蕎麦屋に入って来るなりそう言った。

その場に呆然と立ち尽くしたトクは、声を震わせ話した。

数日前からつづいていた雨が、明け方から強くなった。昼に雨脚はますます強まり、とうとう大水となって両国橋を襲った。橋はすぐに通行をとめ、川の警固に人足たちが駆り出された。一旦長屋に帰っていた源蔵も、雨の激しさに橋の様子を見に行き、まだ橋詰めの番所にいたトクと、そのまま警固に回ることになった。橋には渡りきれていない人たちが取り残されていて、源蔵とトクはそんな人たちを助け、東西のどちらか近い岸のほうへ連れていく役目をした。ずぶ濡れになりながら、ひとり、ふたりと岸へ戻した。これが最後のひとりだと、源蔵とトクは怖さで腰が砕けた女を両脇から抱え、広小路がある西の橋のたもとに連れ戻した。待っていたほかの橋番に女を引き渡すと、「やったな」と笑いあった。が、ほっとしたのも束の間だった。助けた女が項垂れていた顔をはっとあげると、自分の右手を見つめ言ったのだ。

「子供がいない！」

「なんだって！」

激しい風雨のなか、源蔵は怒鳴った。

「子供が、子供が。助けてくださいまし、助けて！」

女は橋番に縋りつき、半狂乱になった。

源蔵は来た橋を振り返った。トクも橋を見つめた。

荒れ狂う雨と風で橋のうえはなにも見えなかった。時々、流れてきた小船が橋桁(はしげた)に当たり、黒い川水を岸に飛ばした。

「お願いです。子供を、子供を」

女は橋に駆け寄った。

「危ねえ」

源蔵が女をうしろから抱えた。

女は抗(あらが)った。抗いながら橋に向かって叫んだ。

それを聞いた源蔵の顔が歪(ゆが)んだ。

橋を見据え、「待ってな」と女に言った。

「親父っさん、むちゃだ！」

トクがとめても、

「お前ぇも待ってろ」

そう言って走って行ってしまった。

待っても待っても源蔵は現れなかった。

痺(しび)れを切らしたトクが「親父っさん」と叫んだとき、橋に源蔵の姿が霞(かす)んで見えた。だんだん近づく源蔵は、胸に小さな女の子を抱えていた。

「親父っさん、早く」

あともう少し。トクは源蔵に手を差し出した。が、そのときだった。

ゴオーン！　ものすごい音がした。なにかが橋桁にぶつかった。

「流木だ」

誰かが叫んだのと、橋がぶるりと震えたのが同時だった。

「トク！」

源蔵の呼ぶ声が聞こえた。

叩きつける雨のなか、源蔵が抱えていた女の子をこっちに向かって投げる姿が見えた。

「頼む！」

　声と一緒に女の子が宙を舞った。

　必死に必死に両手を広げ、どん、と胸に飛び込んできた女の子を広げた両手で受けとめた。

「親父っさん、やったぜ！」

　でも前を見ると、すぐそこにいたはずの源蔵はどこにもおらず、代わりに黒く長い流木が、橋のうえに突き刺さるように転がっていた。

「親父っさん……。親父っさん。親父っさん、どこだよ！」

　どんなに何度も叫んでも、源蔵からの返事はなかった。

　事の顛末をトクが話し終えたとき、トクの足許には、軀から滴り落ちた雨水で水溜りができていた。

「嘘よ」

　お初は水溜りを見つめながら言った。

「だって今朝だって帰ってきたあのひとと一緒に朝餉を食べたもの。ここに出かけるときだって、じゃあ行ってくるわって言ったら、おう、気張れよって、送り出してくれたもの。そのあのひとが――。嘘よ、嘘っ！」

　捜しに行く、とお初は店から飛び出そうとした。そのお初の腕を摑んでトクがとめた。

「もう広小路から向こうへは行けねえ。いまは誰も捜しには行けねえんだ」

「そんな……」

お初はその場に崩折れた。

信じない。絶対信じない。そう思った。

けれど、川が治まり、濁りが消え、橋に賑わう人々が戻ってきても、源蔵の行方は知れなかった。

「またここで一緒に暮らさない？」

お加代がそう言ってくれたが、お初は源蔵のいない長屋に毎晩帰った。半纏を抱きしめ、源蔵の匂いを胸いっぱいに吸って眠った。

「しろ、源さんはほんとうにもう、どこにもいないのかもしれない。どこにも……。しろ……しろ……」

腰高障子の板の割れ目から、にゃーと鳴いて帰ってきたしろを抱きしめ、声を出して泣いたのは、大川に桜の花びらが流れる頃だった。

どん、とまた花火が上がった。

「姉さん」と声がした。目の前にトクが立っていた。

「しろと花火見物かよ」

へっと笑う。

「そういうあんたはなによ」

「俺は優雅に見物よ。なんたって、こんなゆっくりした川開きは久しぶりだからよ」

トクは橋番をやめていた。

やめたと聞いてすぐ、大川の河岸の石段に座っているトクを見つけ、なぜ、と訊いた。

「おもしろくねえからよ」

そう言ってトクは寂しそうに笑うと、川下のほうをじっと見ていた。

「いまはなにをして暮らしてるの？」

お初はトクに尋ねた。

トクはそれに答えず、信じられねえよな、と呟いた。

「もうあそこに親父っさんがいねえだなんてな」

トクは賑わう橋を見つめていた。そして、

「あんとき」

橋を見つめたままぼそりと呟いた。

「あの大雨の日」

顔を苦しそうに歪めた。

「母親が叫んだんだ。そしたら親父っさん、待ってなって。とめた俺に照れたように笑ったんだ。そんな親父っさんの顔を見たら俺ぁ……もうとめられなかった」

「なんて」

お初は訊かずにいられなかった。

「……その母親はなんて叫んだの？」

「……」

「ねえ、なんて言ったのよ」

「子供の名前を言ったんだ。……お初って」

「……お初……」

――おい、お初。

――なあ、お初。

――お初、ほら見てみろよ。

――お初。

自分の名を呼んで、笑う源蔵の顔が次々浮かんだ。

つうっと涙が頬を伝った。

「姉さん……ごめんよ」

　トクも泣いていた。

「あんたが謝ることないわよ」

　お初は涙を拭った。

「まったく。あのひとったら、どうしようもない馬鹿なんだから」

　やんなっちゃうわ。そう言ってトクに、にっこり笑った。

「姉さん」

「で、あんたいまなにしてるの」

　さっき尋ねたことを、もう一度トクに訊いた。

　トクは黙って俯いている。

「だめよ、しゃんとしなきゃ」

　ほら、とお初はトクの背をバンッと叩いた。

「痛(い)ってえー」

「ちゃんと働かなきゃだめよ」

「だってよう……」

「あたしは……。あたしはちゃんと働いてるわよ。あの蕎麦屋でね」

「そっか」

「そう。だからたまには顔見せなさいよ」

「……うん」

「困ったときは猶の事」

「うん」

「あ、困ってなくってもよ」

「うん。わかった」

「あたしはいつでもあそこにいるから」

「そんときは蕎麦ぁおごってくれよな」

「合点承知（がってんしょうち）！」

お初は芝居のように見得（みえ）を切った。

しろが合わせるように「にゃー」と鳴く。

トクが笑った。

トクちゃーん、と若い女の声がした。

掛茶屋（かけちゃや）の前で手を振っている。

「呼んでるわよ」

ほら行った行ったと背中を押すと、

「姉さん、じゃあまたな」

トクは片手をあげ、走って行った。

「花火きれえねえ」

女のはしゃぐ声がする。

「お紋ちゃんのほうが、き、れ、い」

トクの声も。

「トクったら」

お初はぷっと噴いた。

それでいい。あんな顔は似合わない。

でもトクには嘘をついてしまった。ちゃんと働いてなんかいなかった。店には行ったり行かなかったり。行っても黙って蕎麦を運ぶだけ。

おお、と歓声があがった。

見あげると柳の枝のように光が枝垂れ、散った。

「きれえ……」

ねえ、源さん見てる？

お初は胸のなかで話しかけた。

だって源さん言ったもの。

──俺ぁ、花火が上がればお前ぇと一緒に見てる。そう思うぜ。橋のどこにいてもよ。いつも、どこにいてもお前ぇと一緒だってよ。
そう言ってくれたもの。
それでいい。じゅうぶんよ。
だから明日からは――。
花火がまた上がった。
お初は空に向かって大きく言った。
「見ててね。ねえ、お前さん」
赤い花火が風に流れる。
その風にのって、懐かしい源蔵の声が聞こえたような気がした。

凍る月

宮部みゆき

一

今日は朝から、髷が飛ばされそうなほどの強い木枯らしが吹き荒れている。回向院の茂七は、長火鉢の前に腰を据え、ぼんやりと煙草をふかしながら、屋根の上や窓の外で風が鳴る音を聞いていた。こうしていても、凍るように冷たい外気のなかを、風神が大きな竹箒に乗って飛び来り、葉が落ちきって丸裸になった木立の枝をざざあと鳴らしたり、道ゆく人たちの頭の上をかすめて首を縮めさせたりしては、また勢いよく空へと駆け昇ってゆくのが目に見えるような気がしてくる。師走に入って十日ほどのあいだは寒気がゆるみ、日差しも春先のそれを思い出させるような暖かな橘色になっていたのだが、そういう馬鹿陽気というのはくせ者で、あとできっちりと倍返しをしてくるものだ。ぶり返してやってきたこの寒さは、けっして寒がりではないはずの茂七の身にも応えた。急ぎではないが片づけなければならない細かな用がいくつかあるのだけれど、今日は外へ出かけるどころか、火鉢のそばから離れることさえご勘弁ねがいてえという気分だった。

それに引きかえかみさんは元気なもので、午時に仕立物を届けに出たまま、そろそろ八ツ（午後二時）になろうかというのに、まだ帰ってこない。出かけるついでに、松前漬けにする昆布とするめを買ってくると言ってはいたが、それにしても暇がかかりすぎだ。大方、お客のところで正月の晴れ着の算段でも持ちかけられ、それこそ漬け物石みたいにどっかりと腰を据えて話し込んでいるのだろう。

糸吉と権三のふたりは、朝のうちにそろって顔を見せたが、半刻（一時間）もじっと座ってはいなかった。かみさんに、すす払いのお手伝いには必ず参上しますなどと言いおいて、忙し気に帰っていった。糸吉はごくらく湯の仕事が、権三は彼の住まう長屋の差配の手伝いの仕事がある。師走には、やはり、彼らも走らねばならないのだ。

下っ引きのふたりがふたりとも、ほかにもそれなりに稼ぐことのできる生業を持っていて、茂七ひとりにおぶさっていないというのは結構なことだ。おかげで茂七は、これまで一度だって、「俺にも面倒をみてやらなきゃならねえ手下がいるから――」などという、賂をせびるような情けない台詞を吐いたことがない。どんな事件を扱うときでも、自分の心の秤だけを頼りに、まっとうに捌くことができる。また、茂七がそういう岡っ引きだということは、まわりの世間の人びとにとっても、いたく安心なことだ。

だがしかし、そういう手下を持つと、今のように、何も厄介事や事件が起こっていないときには、茂七ひとりがぽつねんとお茶をひくことになる。これが、茂七が暇なら糸吉も権三も暇という親分子分の間柄なら、屋根をかすめる木枯らしの音を聞きながら、三人してごろごろとぐろを巻き、かみさんに嫌な顔をされたりしながらも昼間っから馬鹿話などしたりして、それはそれでまた面白いだろうに。

煙管を火鉢の縁に打ちつけて灰を落とし、茂七は大きなあくびをした。

まあ、茂七とて、ずっと暇なわけではない。つい一昨日までは、飯を食う間も、寝る間も惜しんで働いていたのだ。

煙管を煙草盆に片づけて、ごろりと仰向けに寝転がると、天井を見あげ、茂七はまたあくびをし、目をつむった。五十の声を聞いてからというもの、ひと晩徹夜をすると、そのあと三日ぐらい、頭の芯に眠気が残ってしまうようになった……。

うつらうつらとしかけたところに、表の戸口の方で誰かの声がした。かみさんが帰ってきたのだろうと、目を閉じたまま、茂七は適当に「おう、お帰り」と声をかけた。

が、返事がない。茂七は、寝そべったまま戸口の方へ首をのばしてみた。

静かだが、人の気配は感じられる。

「どなたさんだね？」と、声をかけてみた。

「回向院の茂七親分はおいででございましょうか」

馬鹿丁寧な口調に、聞き覚えのある声だ。それも、つい最近耳にした声だ。

「おりますよ」

茂七は起きあがると、髷に手をあてて形を直し、着物の裾をはらってから、玄関の方に出ていった。

玄関の敷居の内側に一歩だけ踏み込んで、若い男がひとり、寒そうな顔で立っていた。縞の着物に揃いの羽織、たたんだ襟巻を腕にかけて、出掛けにはきかえてきたのか、足袋は新品のように真っ白だ。彼の背後では、玄関の引き戸が半分だけ開けられたままになっていた。閉めてしまっては失礼だと思ったのだろう。行儀がいいといえばいいのだが、先に訪ねてきたときも、あがれと勧めてもなかなかあがらず、こっちは寒くて閉口したものだった。

「こいつは失礼しました、河内屋さん」

茂七は軽く頭をさげてみせた。

「寒いところに立たせたままにしちまって……。どうぞおあがりくださいよ」

心の内で、茂七は舌打ちをしていた。

訪ねてきたこの若い男は、今川町にある下酒問屋河内屋の当主、松太郎なのである。茂七が今しがた、居眠り半分で、片づけなきゃならねえが急ぐことはねえ――と考えていた仕事のうちのひとつは、この松太郎が一昨日来たときに持ち込んできたものだった。

のんびり火鉢を抱えていたら、仕事の方が催促に来やがった。そりゃまあ、怠けていたのはまずいが、松太郎が持ち込んできた事件は、今いくつか抱えている仕事のなかでも、もっとも急ぐ必要のないものであるように、茂七は考えていたから、ああ面倒だなと、あらためて思ってしまった。

「それが親分さん、あまりのんびりはしていられないのです」

先に来たときもそうだったから、これが性分なのだろう、松太郎はよく通る声で、せかせかと言った。

「手前どもの店で、また変事がありまして」

茂七はのほほんと構えていた。松太郎は、先に訪ねてきたときも「変事」という言葉を使ったのだが、その「変事」の内容が内容だったからだ。

「ほほう、今度はなんです？」

「奉公人がひとり、逐電いたしました」

大真面目な言い方に、茂七は目をしばしばさせてしまった。逐電とは恐れ入る。

「お店を逃げ出したということですかい？」

「はい。今朝がたから行方が知れません。さとという、二十歳の娘です。口入れ屋からの紹介で手前どもに奉公しまして、今年で丸三年になる女ですが、これまでは真面目に勤めてくれておりましたのに……」

松太郎は顔を歪め、大げさに肩を落とす。

「思いがけないことでした。今朝、私のところにやってきまして、先の失せ物は、わたしが盗みました、あいすみませんでしたと言って、そのままお店からいなくなってしまったんですよ。店じゅう総出で探させていますが、見つかりません」

茂七はちょっと呆気にとられ、その場に突っ立っていた。

二

一昨日の昼ごろ、河内屋の台所から、到来物の新巻鮭が一尾、盗まれて失くなった――それが一昨日の出来事であり、そもそもの事の始まりである。

松太郎は、その盗まれた新巻鮭と、盗んだ下手人を探し出してほしいと、茂七を訪ねてきた。茂七は苦笑を嚙み殺しながら、下手人は猫かもしれませんよと言い、たとえ人が盗ったとしても、その程度の盗みは、どこの商人の家でもないわけじゃねえ、奉公人たちを集めて屹度叱り、盗んだ者は自分から正直に申し出てこい、今回一度に限り目こぼししてやる、とでも言っておけばいいじゃないかと話をした。

すると松太郎は、その説教を、親分がしてくれないかと頼んできた。

「私が説教しても、奉公人たちにはききません」

「江戸者ではなく、親は上総の国の在所で田圃を耕している。彼は文字どおり、身ひとつで江戸に出てきて、辛い奉公に音をあげず、努力を重ねて十年目で、手代頭になった。その後も数年、真面目に精進し、その人柄と、商いの目の明るいことを先代の主人に買われ、ひとり娘の婿となったのが去年の春。先代が隠居して娘夫婦が跡を取り、松太郎が目出たく河内屋の当主となったのは、今年の秋口のことだった。松太郎、二十八歳の大出世である。

そのあたりの話については、河内屋に代替わりのあった当時から、茂七もよく知っていた。岡っ引きは日向の仕事ではないから、地元の商人や地主の代替わりのお披露目だの祝言だののとき、いちいち祝いに行ったりはしないし、第一呼ばれもしない。だがそれでも、先方からは一応の挨拶があるのだ。むろん、主人が出向いてくるわけではなく、奉公人に角樽のひとつも持たせて、「親分、今後ともなにぶんよろしく――」というくらいのものだが、それでも事情はよくわかる。

河内屋からも、松太郎が主人となったとき、そういう挨拶を受けていた。奉公人あがりの入り婿というのはよくある。現に、河内屋では先代もそうだった。婿さ

「私自身が奉公人あがりですから、重みがないのです。歳も足りませんし……」

たしかに松太郎は、彼の言うとおり、元をただせば河内屋の丁稚である。

「どうしてそう思うんです？」

ん、苦労は多いが、まあ目出たいことだ、しかし河内屋は、二代続けて跡継ぎの男子に恵まれないとは、女腹の家系なのかねと、茂七はかみさんと無駄話などしていた。

その河内屋松太郎が、自ら、いきなり茂七を訪ねてきたのである。茂七も真面目に応対したものだ。松太郎は、どうかすると頭の上に余計な二文字がくっつきそうなほど真面目だという風評は、代替わりの頃から耳にしていたから、粗略に扱ってはいけないと、気持ちも引き締めていた。

それが、ふたを開けてみたら新巻鮭一尾の失せ物だったわけで、茂七は大いに気抜けした。反動で少しばかり気を悪くして——しかも一昨日といえば、茂七は忙しくて疲れきっていたところである——奉公人への説教くらい、自分でできなきゃ主人とは言えねえでしょうと、少しばかり辛いことも言った。

すると松太郎は、目尻を赤くして、そうですす私はとても河内屋の当主になどなれる器じゃありませんと、泣き声を出し始めた。お店のなかが、いざこざして居心地が悪いのだろう。泣かれては始末に悪い。茂七は、代替わりしてまだ半年も経たないところだ、そういうこともありますよとなだめにかかり、奉公人の躾に自信がないのなら、先代の隠居に相談を持ちかけて、一から教えてもらうのがいちばんだ、あっしのような外の人間の手を借りるより、その方がずっと効き目がある——などと、具体的な助言もしてやった。

　だがしかし、松太郎は聞き入れなかった。先代の隠居——松太郎は、すでに舅となっているこの人のことを、しばしば「旦那さま」と言い間違えた——は、お店のことはおまえに預けたと言って、根岸の寮に引っ込んでからというもの、まるであてにならないという。先代のお内儀はもう亡くなっているので、はばかる向きもないし、婿養子として肩身の狭い暮らしを続けてきた先代は、やっと勝ち得た自由で気ままな暮らしに、水をさしてもらいたくないのだろうという。

　そんなこんなで、茂七も結局突っぱねきれず、松太郎に代わり、河内屋の奉公人たちに説教をすることになってしまった——というところまでが、一昨日の話だ。面倒くさいが、まあしかし、誰かの出来心だろうし、盗んだ者は盗んだ者で居心地の悪い思いをしているだろうから、そうあわてることはねえと、たかをくくって二日が経ったという次第だったのだが……。

　姿を消した奉公人のおさとというのは、河内屋の台所仕事を預かる女中だった。だから、新巻が失くなったというだけの話のときにも、彼女の名前は出てきていた。問題の新巻は、消え失せる直前は台所の棚に置かれており、おさとと、もうひとり台所係のお吉という女中が、それを目にしたのが最後だったからである。

「私は、台所の女中を疑ってはおりませんでした」

うなだれて、松太郎は言った。火鉢に手をかざすこともせず、きちんと正座している。

「台所から物が失くなれば、最初に疑われるのは自分たちだと、おさともお吉もわかっているはずです。ですから、あのふたりのどちらかが盗んだとは思っていませんでした」

茂七は考えていた。松太郎の気持ちも、彼の理屈もよくわかるが、実際に起こる出来事は、そんなに持ってまわった形をしてはいないものだ。

「それでも、現におさとは、自分が盗んだと言いおいて姿を消しちまったわけでしょう？　そうなると、話は別じゃありませんかね」

松太郎はきっと顔をあげた。「おさとは、盗みをするような娘（こ）じゃありません。あれは、誰かをかばって言ったんです」

松太郎の目つきに、茂七は心にちかりと閃（ひらめ）くものを感じたが、口には出さなかった。代わりに、こう言った。

「なるほど、おさとが本当に盗んだのか、そうでないのかは、まだはっきりしてねえかもしれねえ。けど、こういうことは、すぐにばたばた騒がない方がいいんですよ。おさとがお店からいなくなったといっても、まだ半日でしょう？　少し様子を見ていれば、帰ってくるかもしれねえ」

「じゃ、親分は放っておけと？」

茂七は手を振った。「放っておけとは言いません。あっしもあとでお店にうかがってみましょう。よろしけりゃ、奉公人たちに話も訊いてみましょうよ。ただ、騒ぎ立ててもなんの得にもならねえと申し上げてるんです。元はといえば、たかが新巻一尾から始まった話だ。その程度のことで、河内屋の主人ともあろう人が、じかにあっしを訪ねてくるなんてのも、本当は感心しねえ。旦那はお店の重石だ。もっと、どおんと構えていないとね」

「私には重みがない――」

「なくても、重みのあるふりをしてごらんなさい。そのうちに、嫌でもそうなります。物は形から入るもんでさ」

松太郎を励ましておいて、背中を押すようにして今川町へ帰すと、茂七は火鉢に炭を足し、煙管を取り出した。最初の一服といっしょに、ため息が出た。

（おさと、か）

先に松太郎が訪ねてきたときは、成りたてのほやほやで、ただ自信がないだけの若い主人だと思っていたが、どうもそれだけではないらしい。今日の話しぶり、おさとについて語るときの口ぶりから推すと、問題なのは新巻ではなく、奉公人たちにどう対処していいかわからない奉公人あがりの当主の心持ちでもなく、おさとという女中にあるらしく思えてくる。たかが新巻一尾の失せ物に、松太郎があんなにも心を悩ませていたのは、それが台所から盗まれたものだったからではないのか。台所にはおさとがいる。彼が心配していたのは、新巻ではなくおさとのこと——

　考えてみれば、かつては、松太郎とおさとは、手代頭と台所女中という格差はあれ、同じ奉公人同士だったのだ。そこに、何らかの感情の行き来があったとしてもおかしくはない。

おさとが河内屋から消えたのも、そのへんのところに理由があるのではないか。もっとも、あの物堅い松太郎に、じかにこんな考えをぶつけたところで、どうにもなるまい。いや実際、この件は捌きようがない。奉公人の出奔は、お店にとっては損害だし、罪にもなることではあるけれど、おさとが千両箱担いで逃げ出しましたというならともかく、失くなっているのは新巻一尾——それも彼女が盗んだのかどうかはっきりしない——というのでは、茂七とて、目の色変えて探し回るわけにもいかない。

　それでも茂七は、しばらくしてようやくかみさんが帰ってきたので、入れ違いに家を出て、河内屋へ向かった。きつく襟巻を巻いて出かけたけれど、今川町に着くころには、すっかり凍えてしまっていた。

あたりさわりのないように、当主の松太郎から聞いたとは言わず、こちらで女中さんが出かけたきり帰ってこないんで探しているという噂を聞き込んで寄ってみたんだが――と水を向けると、河内屋のもうひとりの台所女中、お吉は、素直にまたぺらぺらとよくしゃべった。彼女は多少、腹を立ててもいるようで、それはなぜかというと、おさとが勝手にいなくなったために、自分の仕事が増えたからだった。

「おさとって娘は、どうしてお店を飛び出したりしたんだろう？」

茂七はそらとぼけて訊いてみた。

「あんた、なんか心当たりはあるかい？」

「わかりませんよ。新巻鮭のことじゃないかって――なんでも、出ていく前に、旦那さまに話していったそうだけど」と、お吉はすぐに言った。そうして、例の一件についてしゃべったあと、

「新巻なんて、そんなに大したことじゃないと思うけど」と、笑いながら言った。

「あんたは、誰が盗ったと思ってたね？」

「猫でしょうよ。親分だって、そう思いませんか」

「じゃ、あんたもおさとを疑ったりはしていなかったんだな？」

お吉は驚いたようだった。「あたしだけじゃない、誰も、何も疑ってなんかいませんでしたよ。台所の窓はいつも開いてるしね。みんな、猫の仕業だろうって言っ

てましたよ」

「旦那さんやお内儀さんは？」

「お内儀さんは、新巻鮭が好きじゃないんです。失くなったって、気にもしません」と、お吉はあっさり言った。「旦那さんの方は、家の中で失せ物があるのはよくないとかなんとか生真面目なことを言って、ひとりできりきり尖(とが)ってましたけどね。だけど、あたしたち、そんなの気にしてませんでしたよ。だって、誰が新巻なんか盗るんです？　これがまだお饅頭(まんじゅう)とかなら、盗み食いする人もいるでしょうよ。けど、丸のままの新巻なんかね、誰が好(す)き好(この)んで」

お吉の言っていることは、一昨日松太郎が訪ねてきたとき、茂七が彼に言った言葉でもある。

誰が好き好んで新巻を盗むもんか、おおかた猫の仕業だろうよ、放っておこう――これが、世間一般の反応だろう。だがしかし、松太郎はそうは思わなかった。誰かが盗んだと思った。だからおさとは「わたしが盗みました」などと言った――そうではないのか。彼の意に沿うため……かどうかはともかくとして。

「その新巻は、到来物だったとか？」

「ええ、そうですよ。毎年この時期は、たくさんもらいます。うちからも、あっちこっちへあげるんだから、差し引きは同じだけど」

「失くなった新巻がどこから来たものだか、わかるかね？」

「たぶん、辰巳屋（たつみや）さんからいただいたのじゃないかと思います。この先の――」

「やっぱり酒問屋だな」

「ええ。一昨日は、それ一尾しかなかったから。だから、失くなったことにもすぐ気が付いたんですよ」

「そいつは確かだね？　失くなった新巻は、一尾しかないものだったっていうのは」

「間違いないですよ。台所はあたしらが仕切ってるんだもの」

お吉は、新巻の一件があって以来、そういえばおさとはどことなく元気がないように見えた、と言った。

「だけど、もともとあんまり元気のいい人じゃないからね」

「お吉さんと言ったね、あんたは、ここで働いてどのくらいになる？」

「二年と、ちょっとですよ」

「じゃあ、先代の旦那のことも、今の旦那が奉公人だったころのことも、ちっとは知っているな？」

「ええ」うなずいて、お吉は少し、口を尖らせた。「だけど、今の旦那さまは、手代頭だったころから、あたしたちとは全然別の扱いを受けてましたからね。まあ、あたしなんかは女中だから仕方ないけど、同じ手代だった人や、番頭さんなんかのなかには、面白く思ってない人がいるみたい。けど、それもよくある話でしょ、親分」

「そうか……。なあ、今度の新巻の件で、旦那さんは本当に、そんなにきりきりしていたのかい？」

お吉はまた笑い出した。「そりゃもう、頭で壁に穴を開けられそうなほど、ひとりで尖ってましたよ。示しがつかないとか言ってね。あの人は昔から気が小さいんだって、番頭さんが言ってたわ」

茂七は、頭をぼりぼりとかきながら外へ出た。お吉という娘は、それほど頭がいいとは思えないけれど、当たり前の常識と性根を持っている。彼女の言っていることはことごとくもっともだ。

松太郎が、元の奉公人仲間や先輩たちの上に立つ身分になり、やりにくいことがあるとしても、そのために、彼の主人としての権威に多少欠けるところがあったとしても、それらのことと、今度の新巻の一件とは、あまり関わりがなさそうに思える。彼がそう思い込んでいるだけで、関係はなさそうに思える。

問題なのは、やはり、松太郎自身の気持ちの方ではないのか。

そんなふうに思ったから、その後もしばらくのあいだ、茂七は、遠くから河内屋の様子を見守るだけで、敢えて手は出さなかった。松太郎にも、おさとが戻って来たり、彼女の居所がわかったりしたら知らせてくれとだけ言って、あとは放っておいた。松太郎はその後も一度、心配顔で茂七を訪ねてきて、おさとを探し出さなくていいだろうかなどともごもご言ったが、茂七は彼を睨みつけ、河内屋さんにはどうでも探したいという理由でもおありかと尋ねた。松太郎は、うなだれて帰っていった。

おまけに、その後師走も半ばを過ぎて、茂七は急に御用繁多になり、河内屋のことは、どうしても頭から消えがちになった。目も耳も離れた。だから、あの霊感坊主の日道が、河内屋に日々出入りして拝んでいるという噂を聞きつけたのは、晦日まであと五日ほどという、年の瀬もいよいよ押し詰まったころになってのことだった。

三

「拝み屋が何をやってるっていうんだい」

茂七が尋ねると、糸吉が吹き出した。

「嫌だな親分、日道の話になると、すぐ喧嘩腰になるんだから」

ふたりして、両国橋へと向かうところである。御用の向きで、神田明神下まで出かけるのだ。今日は風こそ穏やかだが、息が凍り、指がかじかむ寒さであることにかわりはない。糸吉は、鼻の頭を真っ赤にしていた。

拝み屋の日道——本当は御舟蔵裏の雑穀問屋三好屋の小倅、まだ十歳の長助という子供にすぎないのだが、生まれながらに霊感が強いとかで、失せ物探しや人探し、憑き物落としはもちろんのこと、人相を見るだけでその人の寿命まで当てることができるなどという、たいそうなふれこみがついている小僧である。まあ、ふれこみはよしとしても、拝むたびに大枚の金を要求するというのが気にくわない。それでなくても、茂七はもともと、この手のことが嫌いなのだ。だから糸吉が笑うのである。

茂七がこの日道とじかに顔をあわせたのは、今年の秋、「楊流」という船宿で事件があったときが最初だ。のっけから相性は悪かった。以来、気を付けて日道の身辺をうかがっていた茂七だが、これといって突っ込むネタが見つかるわけでもなく、面白くない気持ちを抑えて、年の瀬までやってきた。

その日道が、河内屋に出入りしているという。

「そら、月なかに、河内屋から女中がひとり逃げ出したそうじゃないですか」と、糸吉は言った。「その女中の行方を突き止めてほしいって、河内屋が頼んでるそうですよ」

「河内屋の、旦那かお内儀か」

「旦那でしょう。あそこのお内儀さんは、お嬢さん育ちでおっとりしてて、商売のことも、家の中のことも、ほとんどわからないらしいって評判ですからね」

「それで、見つかったのかい？」

糸吉は首を振った。寒さに、頬まで赤くなっている。

「見つかってないらしいです。ただ日道は、女中はもう死んでるって言ってるそうですよ。最初に河内屋で拝んだときに、『ああ、これは死んでる』って言ったとか」

茂七は立ち止まった。「何だと？」

「川へ入って死んでるって。あとは亡骸がどこにあるかって話なんだけど」

「河内屋じゃ、日道の言うことを信じてるのかい？　死体まで見つけようとして、拝んでもらってるわけか？」

「そうでしょうね。哀れだから、せめて死体を引き上げて弔いのひとつも出してやりたいということでしょう。河内屋ってのは、奉公人に優しいお店ですねえ」

茂七は、糸吉のような心温まる感想を述べる気持ちにはなれなかった。河内屋の松太郎は、そんなことをするほどに思い詰めているのか。

「御用を済ませたら、帰りは永代橋に回って、今川町の河内屋に寄ってみよう。新巻鮭の件は、まだ祟(たた)っていやがったんだ」

突然の茂七の来訪に、松太郎は驚いた顔をしたが、その顔を見た茂七もびっくりした。松太郎は、この半月足らずのあいだに、げっそりとやつれてしまっている。大病のあとの人のように、肌がたるんで生気がなく、目もどろんとして、眠りが足りない様子だった。

「親分さん、おさとのことで何か知らせを持ってきてくれたのですか？」

座敷で向き合うと、松太郎はすぐにそう訊いた。

茂七はすぐには答えずに、出された茶をゆっくりとすすりながら、あれこれ考えた。ここは松太郎の居室だというが、床の間(とこま)に飾られている枯れ山水の掛け軸が、彼の好みのものとは思えない。先代の居室を、そのままそっくり受け継いだだけなのだろう。やはり、河内屋という船は、松太郎という船頭の言うことだけを素直に聞いてはくれないものと見える。そんな状態で、家に拝み屋など引き入れて、それが奉公人たちのあいだにどういうさざ波を立てるか、松太郎はわかっていないのだろうか。

「どうなんですか、親分さん」と、松太郎は乗りだした。「おさとは見つかったのですか？」

「あんた、拝み屋の日道を呼んでいるそうだね。日道はなんと言ってる？」

松太郎は身を引いた。「ご存じだったんですか」

「ああ。日道は、本所深川じゃ有名な拝み屋だからな」

「近頃じゃ、高輪や千駄木の方からも、日道さまに観てもらうために、はるばる人が来るそうですよ」

ぽつりとそう言って、松太郎は目を伏せた。

「日道さまは、おさとはもう死んでいるとおっしゃいました」

茂七はうなずいた。「それも知っているよ。だから河内屋さん、あんたは今じゃもう、おさとの居所じゃなくて、死体の在処を探してるわけだよな」

松太郎は目をしばたたかせると、ふっと息を吐いた。

「生きていてほしいですが……」

「しかし日道には、なんでそんなことがわかるのかね？」

「おさとの使っていた前掛けを手にしたら、そういう幻が浮かんできたのだそうです。水に飛び込んでゆくおさとの姿が心眼に映ったのだそうです」

糸吉が冷やかすような目つきで茂七を見ている。茂七は睨み返しておいて、松太郎に向き直った。

「他所にもらすようなことはないと約束するから、正直に答えてもらいたいんですがね、河内屋さん――いや、松太郎さん。あんたとおさとのあいだには、以前、何かあったんじゃありませんか」

　松太郎は目を見開いた。さほど整った顔立ちではないが、目だけはきれいだと、そのとき茂七は思った。

「おさとは、気だてのいい娘です」と、松太郎は言った。のろのろと手をあげて、額をさすりながら。

「働き者でしたし。私は――おさとが好きでしたよ」

「おさともそのことに気づいていたんでしょうね」

「口に出したことはありませんでしたが、察していたと思います。そういうことは、たいていの場合、一方だけの思い込みではないものでしょう？」と、松太郎は言った。「まだ婿入りの話が内々のものだったころに、私は一度、仲間内だけの軽口に聞こえるようにして、おさとに言ったことがあります。本当なら、こんな大きなお店を任されて分不相応の苦労をするよりも、おさとみたいな女と所帯を持って、こぢんまりした苦労をしたいよと」

「おさとはなんと言いました？」

「何も。ただ、笑っていました」

　笑うしかなかったろう。残酷なことをしたものだと、茂七は腹の底で考えた。

「おさとはよく笑う女なんです」と、松太郎は続けた。心なし、目尻(めじり)の線がやわらいでいる。「あれも在所には年老いた親がいて、仕送りもしなくちゃならない。なかなか辛い身の上でした。でも明るい娘でしてね。気働きがきくんで先代の旦那さまやお内儀さんにも気に入られていたんですが、どうかするとやっぱりこっぴどく叱られることがあります。自分が悪くなくたって怒鳴られることもある、それが奉公人というもんですからね。だけどそんなときでも、おさとは神妙に叱られたあとで、ちょろっと舌を出して笑っていた。あれがそばにいると、私はいつだって心が休まりました」

「しかし松太郎さん、あんたは結局、この家の婿になった」

「手代頭に取り立てていただいたときから、決まっていたことです」

「おさとは納得したんですか」

「納得も何も……」

松太郎の顔に苦い笑いが浮かんだ。そういえば、この男が笑うのを、茂七は初めて見たのだった。

「この家の婿にと望まれて、私が断るわけはないと、おさとはずっと思っていたでしょう。ですから、そういう意味では、ええ、納得したのかもしれません。あるいは、諦(あきら)めてくれたのか」

「身分違いだと？」

「そんなところでしょう」

松太郎はちょっと顔をしかめた。おさととのことは、彼の心のなかの、触れると痛い部分にしまいこまれているのかもしれない。

「私がお嬢さんの婿になることが正式に決まったとき、私は、おさとがお店を辞めるのじゃないかと思いました。いえ、おさとだけじゃない、私を快く思っていない番頭たちは、みんな辞めていくだろうと。でも、そういうことにはならなかった。不思議ですよ」

「いっそ、辞めてくれた方が気が楽だったんじゃねえですかい？」

茂七の言葉に、松太郎はふっと笑った。

「とんでもない。そんなことになったら、このお店は立ちゆかなくなります」

茂七はうなずいた。「そうでしょう。お店ってのは、旦那ひとりでやってゆくものじゃねえからね。それに番頭さんたちだって、まずは暮らしていかなくちゃならねえし、それなりの意地もある。今までの奉公を、無駄にしたくはねえだろう。あんたが旦那に収まったことを不満に思って、そのためだけに、そういう人たちが辞めてゆくんじゃないかと考えたってのは、あんたの見当ちがいだ」

松太郎は黙っている。茂七は続けた。

「だが、おさとの場合は、番頭さんたちとは違う。心と心の問題なんだから。おさとが、あんたが婿としてこの家に収まってからも、今度の件があるまでは、お店を辞めようとせずに奉公を続けていたことに、思い当たる節(ふし)はねえですかい？」

「と言いますと？」

「この家の婿として収まったあと、おさとをつなぎとめようとして、何かしやしませんでしたかという意味ですよ」

茂七と糸吉の目の前で、松太郎はすうっと青ざめた。身体(からだ)全体が、背後の床の間に飾られた枯れ山水の掛け軸と同じくらい、色あせたようになってしまった。

「私は、そんな身勝手な男ではありません」と、震える声で言った。「このお店も、お嬢さんのことも、大事に思っています。そんな不実なことは、私にはできませんし思ったこともありません」

しかし、それならばなぜ、おさとは河内屋を辞めずに残っていたのだろう？　いたたまれないと思わなかったのだろうか。そしてなぜ、今になって、新巻鮭が失くなったなどという些細なことをきっかけに、飛び出してしまったのだろう――

その問いを腹のなかに呑み込んだまま、茂七は肩をすぼめて河内屋をあとにした。大川(おおかわ)に沿って、黙りこくったまま歩き続け、御舟蔵の手前まで来たところで、日道のところに寄っていこうと思いついた。

「いきなり襲うんですかい？」と、糸吉が驚く。

「襲うとは人聞きが悪いぜ。あいつは、おさとがもう土左衛門になっていると言ってるんだ。どうしてそう思うのか、その理由を聞かせてもらおうと思うだけだよ」

「心眼ですよ、親分」

からかうように言って、糸吉はあとをついてきた。

三好屋は、御舟蔵裏の御番人小屋の並びにある。細い掘割に沿って歩いてゆくと、御番人小屋の提灯に並んで、三好屋の店先に掛行灯が灯してあるのが見えてきた。日は暮れて凍るような夜空、どんな商家でも、とっくに大戸を閉じている時刻だが、三好屋では、表戸を閉めたあとも、日道を訪ねてくる客のために、明かりを落とさないでいるのだ。三好屋は本業の雑穀問屋も繁盛しているが、日道の稼ぎというのはそれを上回るほどのものだという。

しゃらくせえ――と思いつつ、茂七がその掛行灯の方に歩み寄っていったそのとき、三好屋の大戸が動いて、なかから人がひとり現れた。

茂七は息を呑み込んだ。糸吉も急いで立ち止まる。

「親分、あれは――」

し、静かにしろと、茂七は糸吉を押さえた。

三好屋から出てきたのは、富岡橋のたもとに屋台を張っている、稲荷寿司屋の親父だった。

彼は三好屋の方を振り向くと、大戸の内側にいる誰かに向かって、丁寧に頭をさげている。片手に無地の提灯をさげて、足は雪駄履きだ。

稲荷寿司屋の親父がこちらに向き直る前に、茂七は糸吉の襟首をつかむようにして、急いで手近の路地に飛び込んだ。身を縮めて様子をうかがっていると、親父は提灯で足許を照らしながら、やや首をうつむけて、万年橋の方へと歩いていった。

茂七たちが路地から外に出てみると、親父の持つ提灯の明かりが、強い北風にあおられてときどきふらふら揺れながら、遠ざかってゆくのが見えた。

あの親父が、日道を訪ねていた――あの親父も、日道の霊力とやらを信じているのだろうか。いや、それ以前に、あの親父も、日道に頼んで観てもらいたいような何かを抱えているのだろうか。

振り向くと、三好屋の大戸はまた閉じていた。掛行灯だけが、寒そうにまたたいている。

「あの親父、昔は侍だったろうって、親分は言ってましたよね？」

「おめえは、あの屋台に行ったことはねえのかい？」

「ないですよ。寒いしね。それに俺は下戸だから」

「近頃じゃ、甘いものも出すんだ。旨いものを食わせる屋台だぞ」

へえ、そうですかと言いながら、糸吉が茂七の顔を見た。少し困ったような表情になっている。

「大丈夫ですか、親分」

茂七が、よほどぼうっとしているように見えたのだろう。糸吉が茂七の腕を叩いて言った。

「ああ、大丈夫だ。ちっと驚いただけだよ」

「三好屋には行かないんですか」

茂七は黙って首を振った。

「今夜はよしておこう」

日道よりも、今夜はまず、あの親父の話を聞いてみたい。あの親父が何を——あの親父がなぜ、日道を訪ねたりしたのか。それが知りたい。それによっては、茂七も、日道に対する考え方を変えねばならなくなるかもしれない。あの稲荷寿司屋の親父は、今では、茂七にとって、それくらい大きな存在になっているのだった。

四

その夜遅く、茂七が富岡橋のたもとの屋台に顔を出すと、親父はいつものように、黙って会釈を寄こして迎えてくれた。

「まず、熱燗だ」

親父は、隣に並んで商いをしている猪助という酒の担ぎ売りの老人にうなずいてみせた。猪助が銚子に酒を満たし、大きな七輪の上で煮えたぎっている鉄瓶の湯のなかに、銚子を沈めた。猪助は老齢で病み上がりの身だ。茂七は、この寒気が身に応えないかと心配になったが、老人は厚い綿入れを着込み、手ぬぐいで頬かぶりして、腰掛けの上には毛皮を敷き、カンカンに熾った七輪にかがみ込み、赤い顔をしていた。

今夜は客が少なかった。三つ並んだ長腰掛けはガラガラで、道端に据えられた客用の七輪だけが、鮮やかに赤い光を放っている。

「今夜はお茶をひいていますよ」と、親父が笑いかけてきた。

「冷えるからな。おかげで俺は貸し切りだ」

「どうぞ」と、親父は微笑した。

熱燗の酒といっしょに、皿が出てきた。焼いた鮭の切り身が乗っている。大根おろしが添えてあった。

目を上げて、茂七は親父の顔を見つめた。新巻が出てくるのは、季節柄おかしなことではない。だが――

茂七の目を見返して、親父は言った。「甘塩ですが、身の厚いいい鮭ですよ」

「うん、旨そうだ」

「親分は、このことで、河内屋さんを訪ねなすったでしょう」

茂七は箸(はし)を取ったまま、寒気のせいでなく凍りついて、親父を見あげた。

「よくわかるな」

「三好屋の日道坊やから聞いたんですよ。私は今日、あの子に会いに行きましたから」

いろいろ考える暇(ひま)もなく、茂七は口に出していた。「ああ、あんたを見かけた」

「そうでしょう。私も親分をお見かけしました。若い人がいっしょだったが、手下(てか)の人ですか」

ばれていたのだ。茂七たちとて素人(しろうと)ではないのに、ちゃんと気配を察していたところ、やはりこの男、ただの屋台の親父ではない。

茂七は苦笑した。「うん。糸吉っていう」

「糸吉さんは、まだうちには来ていただいていませんね」

「売り込んでおいたよ。もうひとり、権三というのもいる。糸吉は下戸だが、権三は酒飲みだ。そのうち、連れて来よう」

茂七は熱燗をぐっとひっかけると、目を閉じて、酒が身体にしみこんでゆくのを味わった。それから言った。

「親父、あんたは、なんで日道に会いに行ったんだ？　そこで河内屋や俺の話が出たというのは、どうしてだい？」

親父は落ち着いていた。何か卵のとき汁のようなものをかき混ぜながら、静かに言った。

「日道が、河内屋のおさとという女中さんはもう死んでいると言っている、と耳にしたからです。それは間違いですからね」

「なんだと？」

親父は茂七の目を見てうなずいた。「おさとさんて人は、生きていますよ。昨夜(ゆうべ)も、ここへ来ました」

茂七は呆(あき)れて物も言えなかった。

「おさとさんは、なんでも、今月の中頃に、河内屋から出奔したそうですね」

「……ああ、そうだ」

「ですから、あの人が初めてここへ来たのは、出奔してから二、三日目のことじゃないでしょうかね。夜のもっと早い時刻でしたが、ここへ寄ったんです」

「知り合いなのかい？」

「私は違うが、猪助さんが」と、親父は老人の方に頭を向けた。猪助は、手ぬぐいで包んだ頭をうなずかせた。

「河内屋は、担ぎ売りにも酒を卸しているそうでね。猪助さんは、以前からおさとさんを知っているんですよ。あの人が出奔した日の朝も、猪助さんは、河内屋で酒を買って、おさとさんとも会っている。それくらいの知り合いです。だからおさとさんも、ここへ来たんです。猪助さんに会って、様子を聞きに」

「様子ってのは――」

「自分が飛び出した後、河内屋がどうなっているか気になったんでしょう。騒ぎになっているようなら、一度は戻って、ちゃんとお詫びをしてからお店を辞めたいと」

「それで？」

「私と猪助さんとで、そんな心配は要らないんじゃないかと言いました。黙って出ていった方が、あんたのためにも、河内屋のためにもよかろうと」

親父は卵のとき汁をどんぶりに注いだ。

「おさとさんは今、赤坂の方にいるそうです。遠い親戚が、山王神社の近くで茶店をしているそうで、以前から、手伝ってくれと頼まれていたそうでした。おさとさんは元気ですよ。少し、気落ちはしているが。それに、まだ気持ちがふっきれてないから、ときどきここにも寄るんでしょう」

「どういうことなんだい？」と、茂七は訊いた。「俺にはわけがわからねえ。おさとが、河内屋の婿の松太郎に惚(ほ)れていたらしいことは知ってるが――」

親父はうなずいた。大きな鍋(なべ)のふたをとると、真っ白な湯気があがって、ちょっとのあいだ彼の姿を隠した。

「私らにも、詳しいことは話してくれませんでした。ただ、なんだかがっくりして、急に河内屋にいるのが嫌になっちまったんだと話していました」

「がっくりした？」

「ええ。おさとさんは、たとえ松太郎さんといっしょになれなくても、河内屋で奉公に努めることで、松太郎さんの役に立ちたいと思っていたようです。逆に言えば、それくらい惚れていたんでしょう。痩(や)せ我慢でも、河内屋にいて、松太郎さんのそばで暮らせればそれでいいと、自分に言い聞かせていたんでしょうよ」

茂七は、松太郎とのやりとりを思い出していた。そのとき心に浮かんだ疑問も。

おさとはなぜ、今まで河内屋を辞めずにいたのか。

「でもね」と、親父は続けた。「このあいだ、猫が盗っていったかもしれない新巻鮭一尾のことで、やれ示しがつかないの、やれ奉公人に抑えがきかないのは自分に重みがないからだの、きりきり尖っている松太郎さんを見ていたら、急に、ああこの人はもう自分とは縁のない、別人になってしまったんだなと思えてきたんだそうです。そうしたら、一生陰に回って尽くしていこうと思っていた自分の心が、急に瘦せたような気持ちになって、後先考えずに河内屋を飛び出してしまったそうですよ」

茂七は、親父の言葉を頭のなかで吟味してみた。わかるような気がする。

茂七の会った松太郎、小心で、自信がなくて、お店の重みに押しつぶされそうになっていながら、お店への執心は当然のものとしている松太郎、番頭たちの顔色をうかがい、下の者たちからどういうふうに見られているか、それぱかり気にしている松太郎。

そんな松太郎は、おそらく、おさとが惚れていた手代頭の松太郎ではないのだ。彼は変わってしまった。おさとはそのことに、新巻鮭一尾のことを通じて、はっと気が付いたのだ。彼が変わったこと、二人の立場が変わったことを。

いやひょっとしたら、以前から薄々気づきかけていたものが、あのとき一度に吹き出して、おさとを河内屋から逃げ出させたのかもしれない。

（おさとは諦めてくれた――）

いや、諦めたわけではなかったろう。おさとは、どういう形ででも松太郎のそばにいることが自分の幸せだと、ただ自分に言い聞かせていただけだったのだ。だがしかし、ひと月ふた月と時が過ぎてゆくうちに、それがどんなにおかしなことであるか、きれいなことではあるけれど、どれほど自分の心を損なうことであるか、賢い娘のことだ、じわじわと悟っていたのだろう。おさとの心は、飛び出すときを待っていた。松太郎を断ち切るべきときが来るのを。なにか些細なことでも、自分で自分の恋心を断ち切るはずみになるきっかけを。

「そういうことなら、おさとさんはもう河内屋に戻らない方がいい。知らん顔をしていた方がいいと、猪助さんも私も思いました」

「俺もそう思う」と、茂七はうなずいた。

「それでも、おさとさんはまだ、ここには来ます。ここからも足が遠のくようになれば、本当に河内屋を忘れたことになるんでしょうけれどね」

親父は鍋の前に立っている。湯気がゆらゆらしている。どうやら蒸し物のようだ。

「親父、あんたはそれを、日道に言いに行ったのかい？」

「いいえ」と、親父は首を振った。「私はただ、おさとさんは生きているから、水に入って死んだなどと言わない方がいいと、それだけ言ったんですよ」

「霊視がはずれて、日道はどう言い訳をした？」

白装束の、つんと澄ました子供の顔を、茂七は思い浮かべていた。親父は笑った。

「霊視をしたとき、そばにいた誰かの頭のなかに、おさとは死んでいる——水にでも入って死んでしまったのじゃないかという心配や、死んでいてくれればいいのにという期待があったので、自分はそれを感じとったのだろうと言いましたよ」

茂七は笑おうとしたが、笑えなかった。松太郎の心配そうな顔が頭をよぎった。そしてもうひとり、松太郎の妻である、河内屋のひとり娘の顔——会ったこともない女の顔なのだが、それが見えるような気がした。

（お嬢さんはおっとりしてるから）

だがそれだって、自分の亭主になる男のこと、その男と仲のよかった女中のこと、その女中が河内屋に居座っていることの意味を、考えたり想ったりしないことはなかったろう。

「冷えてきた。もう一本、熱燗をくんな」

しばらくのあいだ、屋台の三人は、黙って湯気にまかれていた。やがて、追加の銚子を茂七の前に置きながら、親父が言った。

「子供に、ああいうことをやらせてはいけませんね」

むろん、日道のことだ。

「俺もそう思う」と、茂七は言った。「日道——じゃない、長助のためにもな」

「本当に当たるのなら、観てもらいたいものだけれど」と、親父は微笑する。

茂七はそのとき、心の臓がちょっと跳ねあがるのを感じた。

謎めいたこの親父だが、今の茂七にとっていちばん気になるのは、彼と梶屋の勝蔵をつなぐ糸だ。勝蔵は表向きは船宿の主人だが、裏では深川一帯を仕切っているやくざ者である。柿の実の生るころ、茂七はこの屋台のすぐそばで、闇にまぎれて固まっていた勝蔵が、屋台の親父の顔を睨むように見据えながら、「血は汚ねえ」と言い捨てるのを聞いた。以来、そのことは茂七の心のなかに引っかかったきり、どうしても動かない。

梶屋の勝蔵とこの親父とは、血のつながりがあるのではないか。年格好から言って、ひょっとしたら兄弟なのではないか。

だがそのことを、口に出して問うてみる機会を、まだ見つけることができないでいる。あっさりと尋ねたら、あっさりと否定され、それで終わりそうな気がするからだ。

親父よ——と、茂七は心のなかで思った。あんたにも、日道に観てもらいたいことがあるのかい？　あんたがここにいる理由、あんたが抱えているものは、いったい何だ。

親父は鍋のふたをとると、湯気のなかからどんぶりを取り出し、茂七の前に差し出した。

「小田巻き蒸しですよ」

「なんだい、こりゃ」

「茶碗蒸しのなかにうどんを入れてあるんです。あったまって、いいかと思います」

有り難いと、茂七はどんぶりを引き寄せた。出汁の匂いが鼻をくすぐった。

熱い小田巻き蒸しを味わっていると、屋台の周囲を、木枯らしが渦を巻いて吹き抜けていった。

「もう、今年も終わりですね」と、親父が言った。「木枯らしが、昔のことを全部、何から何まですっ飛ばしてしまって、新しい年がくるようだ」

茂七は顔をあげ、親父を見た。親父は夜空を仰いでいた。彼の目のなかに、木枯らしに巻かれてどこかへ飛び去っていった、彼にしかわからない歳月が、そのときちかりと映ったような気がした。

だが、今はまだ、問いつめるのはよそう。いつかきっと、それにふさわしい時期が来たり、ふさわしい事が起こったりするだろう。

「怖いような、冴えた月ですね」と、親父は言った。

茂七も空を見あげてみた。真ん中でぽっかり割れたまま、放り投げられて空に引っかかったような月が輝いている。その欠け具合、そのひとりぼっちの光。

おさとの心の形も、今はあんなふうかもしれない——ふと、茂七は思った。

解説

細谷正充

アンソロジーで大切なのは、コンセプトとテーマである。一例として、本書を含む一連のアンソロジーを挙げよう。コンセプトは、現役で活躍している女性作家の時代小説を並べること。これは、どの本でも変わらない。

一方、テーマは毎回変わる。これが悩ましい。まず前提として、読者にアピールするテーマでなければならない。さらにテーマに合致した、優れた作品があるかどうかというのも、重要な問題だ。コンセプトがコンセプトであるため、選べる作家も意外と限定されている。ということで、いつも四苦八苦しながら、テーマを絞(しぼ)りだしている。

そんなある日、江戸そのものをテーマにすればいいのではないかと思った。江戸を舞台にした作品なら、必然的にいろいろな場所が登場する。これで一冊できるではないかと、作品を集めてみた。それが本書『えどめぐり〈名所〉時代小説傑作選』なのである。さまざまな江戸の名所や風景の中で躍動する人々を描いた、五つのドラマを楽しんでいただきたい。それでは以下、各作品の内容を紹介していこう。

「後の祭」朝井まかて

江戸の三大祭といえば、神田祭・山王祭・深川祭のことを指す。なかでも神田祭は、神輿・山車・附祭・御雇祭などからなる祭礼行列が、江戸城に練り込み、将軍や御台所の上覧を得たことから〝御用祭〟と呼ばれるようになった。江戸っ子にとって神田祭に参加することは、誉といっていいだろう。とはいえ祭に興味のない人もいる。本作の主人公の徳兵衛だ。神田旅籠町一丁目の町人で、地主に雇われて地所と家屋を守る家主を稼業にしている。なお家主には、町役人としての務めもある。石橋を見たら叩いて渡るどころか、まわれ右して別の道を行くほど慎重かつ心配性の徳兵衛。籤引きで神田祭の「お祭掛」になり、他の町と合同で附祭を仰せつかった。ちなみに附祭を作中から引用すれば、「巨きな張りぼての人形を載せた曳物や歌舞音曲、仮装行列で巡行して、いわば祭を盛り上げるための出し物なのだが、何せこれが最も賑やかで華麗だ」とのことである。

女房のお麦や町内の人々はノリノリだが、いろいろ難しい附祭をどうしたらいいか徳兵衛は困惑する。ところが話し合いに、店子の平吉が紛れ込んでいた。すぐ仕事を変え、店賃を溜めている平吉を徳兵衛は駄目人間だと思っているが、愛嬌のあるキャラクターで周囲には気に入られている。その平吉が附祭に首を突っ込んできたことで、徳兵衛は窮地に立たされるのだった。

江戸の町を練り歩き、ついに江戸城に入る祭礼行列に、徳兵衛が一喜一憂する様子と、予想外の晴れ舞台に引っ張り出される経緯が愉快である。一方で、附祭の番狂わせに文句をつける町名主に対する徳兵衛の言葉に、庶民の意地が表現されていた。ピシリと決まったラストの一行まで、気持ちよく読める秀作だ。

「名水と葛」篠 綾子

本作は書き下ろし作品である。「江戸菓子舗照月堂」「万葉集歌解き譚」「小烏神社奇譚」など、多数の文庫書き下ろしシリーズを抱える人気作家の新作を頂けたことを、大いに喜びたい。もちろん内容も素晴らしい。

日本橋室町にある草履問屋「木屋市兵衛店」の娘のお鶴は、幼い頃からひ弱で、家から出ることなく暮らしていた。日本橋を南側へ渡り終えたところにある呉服商

「白木屋」の敷地内の井戸から汲んだ「白木名水」を、毎日飲ませるなど、両親はお鶴を大切にしている。しかし、ままならない体を抱える彼女は、性格がひねくれてしまい、弟にいじわるをしたりする。お鶴付きの女中になったおせいは、最初から手厳しい扱いを受け、すぐに無理だと思ったが、彼女の抱える鬱屈を知り、仕事を続ける。

ある日、お鶴の姿が見えなくなった。ひとりで「白木名水」に向かったのだ。だが井戸端で苦痛に襲われ、たまたま居合わせた森野仁助という男に助けられる。仁助は、公儀御用を務める本草学者、森野藤助の親族で弟子でもある。藤助は採薬使の下で各地の薬草集めに従事しており、助役をしている仁助も江戸を離れることが多い。そんな仁助を、お鶴の父親が見込んだ。お鶴の体を丈夫にしようと食事の工夫などをする仁助に反発していたお鶴だが、誠実に自分と向き合う彼に、しだいに惹かれていくのだった。

白木名水は、実在した井戸である。作者はこれを巧みに使い、温かな物語を創り上げた。健康な体ならば「白木屋」まで、気軽に歩いていける。だがお鶴にとっては、遠い場所だった。「白木名水」をヒロインの大切な場所にして、組み立てられたドラマを堪能してほしい。

「鐘ヶ淵――往還」田牧大和

作者の「とんずら屋請負帖」は、ユニークな設定のシリーズだ。主人公の弥生は、男装で弥吉と名乗り、仙台堀端の船宿『松波屋』の船頭をしている。しかも、何らかの事情で密かに逃げる人々を手助けする、『松波屋』の裏稼業〝とんずら屋〟の一員でもある。そんな弥生が拾った客が、鐘ヶ淵まで行き帰りを頼んだ絵師の葛城東雨だ。かつて写実的な絵しか画けず悩んでいた彼は、たまたま出会った少女の言葉で、自分の進むべき道に気づき、絵師として成功したとのことである。

これだけなら単なる表の仕事の小さなエピソードだ。だが、畳町の書物問屋『美原屋』の、おようという若い女中を、こっそり連れ出して鐘ヶ淵に行き、再び店に送り届けてほしいという依頼が入る。裏の仕事としては異色なものだ。何かと弥生にちょっかいを出す、京の大店呉服問屋の若旦那から、『美原屋』の抱える事情を知った弥生は、依頼をよりよい形で果たそうとするのだった。

時代小説ファンにとって、鐘ヶ淵はよく知る場所である。なにしろ、池波正太郎の『剣客商売』の主人公のひとり、秋山小兵衛の隠宅があるのだから。その鐘ヶ淵を作者は物語に織り込み、美しい光景を見せてくれた。東雨の使い方も達者であり、読んでいて爽やかな気持ちになった。いい話である。

なお、ラストの〝裏〟の意味を知りたい読者は、「とんずら屋請負帖」シリーズを手に取ってほしい。そういうことだったのかと納得するはずだ。

「両国橋物語」宮本紀子

第六回小説宝石新人賞を「雨宿り」で受賞してデビューした作者は、文庫書き下ろし時代小説「小間もの丸藤看板姉妹」シリーズで、作家としての地位を確立した。二〇二二年から始まった「煮売屋お雅 味ばなし」シリーズも快調である。そんな作者の実力は、本作を読めばよく分かるだろう。

米沢町の蕎麦屋で働くお初は、常連客のちょっとした一言から、両国橋から身投げしようとした女を助けた。そしてその常連客が、両国橋の真ん中にある、中番所と呼ばれる橋番所の橋番の源蔵だと知った。親子ほども年の離れた源蔵に惹かれ、中番所に通うようになるお初。白猫と暮らす源蔵の長屋にも行くようになる。ちょっとしたいざこざを経て、ふたりの仲は進んでいくのだが……。

からっとした気性のお初と、両国橋から見える夜の風景を愛する源蔵。年の差カップルの恋愛物語は、お加代やトクという脇役も加えて、楽しく転がっていく。終盤の展開には驚いたが、ラストには、しみじみとした味わいがある。本作を読んだら、夜の両国橋に行って、お初と源蔵の見た風景を確認したくなった。

「凍る月」宮部みゆき

アンソロジーの締めくくりとなる作品は、宮部みゆきの『〈完本〉初ものがたり』から採った。本所一帯を預かる岡っ引き・回向院の茂七を主人公にした捕物帳だ。仕事が一段落した茂七の家に、今川町にある下酒問屋「河内屋」の主の松太郎が訪ねてきた。さとという女中が逐電したというのだ。実はこれ以前にも、松太郎は茂七を頼っている。到来物の新巻鮭が一尾、盗まれて失った件である。奉公人から「河内屋」の入り婿になった松太郎は、自分の言葉にまだ重みがないから、茂七から店の者に説教をして、盗んだ者が名乗り出るようにしてほしいといってきたのである。さすがに説教は断った茂七だが、消えたおさとが盗みを働いたのか。調べ始めた茂七は、霊感坊主の日道が「河内屋」に出入りし、おさとが死んでいると言ったことを知るのだった。

江戸の人々の基本的な移動手段は、自分の足である。岡っ引きを仕事にしている茂七も、当然のごとく、よく歩く。その点に注目してみると、なかなか面白い。たとえば御用の向きで、両国橋を渡って神田明神下まで出かけた茂七は、帰りは永代橋に回って、今川町の「河内屋」に寄ろうとする。また、大川に沿って歩き続け、御舟蔵裏の御番人小屋の並びにある、日道の暮らす「三好屋」に寄ろうとする。江戸時代の地図を広げて、茂七の歩いたルートを、調べてみるのも面白いだろう。

いうまでもなく、ストーリーも読みごたえがある。「三好屋」の近くで、シリーズでお馴染みの稲荷寿司屋の親父と出会ったことから、盗みの真相が明らかになっていく。そこで浮かび上がる人の心の変化は、興味深く、同時に恐ろしい。ちっぽけな事件を、これほど豊かな物語にした、作者の手腕に脱帽だ。

以上五篇で、江戸のさまざまな場所を堪能できただろうか。東京は現在でも過去を偲ばせる場所が多く残っており、さまざまな案内や石碑も建てられている（元の場所とは違うが、「白木名水」の石碑も、日本橋駅から直通で行ける「コレド日本橋」の敷地内にある）。本書を片手に、江戸の名所巡りをしてみるのも一興であろう。

（文芸評論家）

出典

「後の祭」（朝井まかて　『福袋』所収　講談社文庫）

「名水と葛」（篠 綾子　書き下ろし）

「鐘ヶ淵――往還（ゆきかえり）」（田牧大和　『とんずら屋請負帖』所収　角川文庫）

「両国橋物語」（宮本紀子　『宵越し猫語り』所収　白泉社招き猫文庫）

「凍る月」（宮部みゆき　『〈完本〉初ものがたり』所収　ＰＨＰ文芸文庫）

本書は、ＰＨＰ文芸文庫のオリジナル編集です。

本文中、現在は不適切と思われる表現がありますが、差別的な意図を持って書かれたものではないこと、また作品が歴史的時代を舞台としていることなどを鑑み、原文のまま掲載したことをお断りいたします。

著者紹介

朝井まかて（あさい　まかて）

1959年、大阪府生まれ。2008年、『実さえ花さえ』で小説現代長編新人賞奨励賞を受賞し、デビュー。14年、『恋歌』で直木賞、16年、『眩』で中山義秀文学賞、17年、『福袋』で舟橋聖一文学賞、18年、『雲上雲下』で中央公論文芸賞、『悪玉伝』で司馬遼太郎賞、21年、『類』で芸術選奨文部科学大臣賞、柴田錬三郎賞を受賞。著書に『ボタニカ』『朝星夜星』などがある。

篠 綾子（しの　あやこ）

埼玉県生まれ。2000年、『春の夜の夢のごとく 新平家公達草紙』で健友館文学賞を受賞し、デビュー。17年、「更紗屋おりん雛形帖」シリーズで歴史時代作家クラブ賞のシリーズ賞、19年、『青山に在り』で日本歴史時代作家協会賞の作品賞を受賞。著書に『藤原道長 王者の月』、「木挽町芝居茶屋事件帖」シリーズなどがある。

田牧大和（たまき　やまと）

東京都生まれ。2007年、「色には出でじ、風に牽牛」（刊行時に『花合せ』に改題）で小説現代長編新人賞を受賞し、デビュー。著書に『古道具おもかげ屋』『紅きゆめみし』、「鯖猫長屋ふしぎ草紙」「藍千堂菓子噺」「縁切寺お助け帖」シリーズなどがある。

宮本紀子（みやもと　のりこ）

京都府生まれ。2012年、「雨宿り」で小説宝石新人賞を受賞し、デビュー。19年、『跡とり娘 小間もの丸藤看板姉妹』で細谷正充賞を受賞。著書に「小間もの丸藤看板姉妹」シリーズ、『おんなの花見』『始末屋』などがある。

宮部みゆき（みやべ　みゆき）

1960年、東京都生まれ。87年、「我らが隣人の犯罪」でオール讀物推理小説新人賞を受賞してデビュー。92年、『本所深川ふしぎ草紙』で吉川英治文学新人賞、93年、『火車』で山本周五郎賞、97年、『蒲生邸事件』で日本SF大賞、99年、『理由』で直木賞、2002年、『模倣犯』で司馬遼太郎賞、07年、『名もなき毒』で吉川英治文学賞、22年、菊池寛賞を受賞。著書に『桜ほうさら』『〈完本〉初ものがたり』、「きたきた捕物帖」シリーズなどがある。

編者紹介

細谷正充（ほそや　まさみつ）

文芸評論家。1963 年生まれ。時代小説、ミステリーなどのエンターテインメントを対象に、評論・執筆に携わる。主な著書・編著書に『歴史・時代小説の快楽 読まなきゃ死ねない全 100 作ガイド』「時代小説傑作選」シリーズなどがある。

ＰＨＰ文芸文庫　えどめぐり
〈名所〉時代小説傑作選

2023年10月24日　第１版第１刷

著　者	朝井まかて　篠　綾子 田牧大和　宮本紀子 宮部みゆき
編　者	細　谷　正　充
発行者	永　田　貴　之
発行所	株式会社ＰＨＰ研究所
東京本部	〒135-8137 江東区豊洲5-6-52 文化事業部 ☎03-3520-9620（編集） 普及部 ☎03-3520-9630（販売）
京都本部	〒601-8411 京都市南区西九条北ノ内町11
PHP INTERFACE	https://www.php.co.jp/
組　版	朝日メディアインターナショナル株式会社
印刷所	図書印刷株式会社
製本所	東京美術紙工協業組合

ISBN978-4-569-90348-4

PHP文芸文庫

〈完本〉初ものがたり

宮部みゆき 著

岡っ引き・茂七親分が、季節を彩る「初もの」が絡んだ難事件に挑む江戸人情捕物話。文庫未収録の三篇にイラスト多数を添えた完全版。

PHP文芸文庫

きたきた捕物帖

宮部みゆき 著

著者が生涯書き続けたいと願う新シリーズ第一巻の文庫化。北一と喜多次という「きたきた」コンビが力をあわせ事件を解決する捕物帖。